Алиса в Стране Чудес

Алиса в Стране Чудес

Alice's Adventures in Wonderland in Russian

Льюис Кэрролл

Иллюстратор
Джон Тенниел

Перевёл на русский язык
А. Д'Актиль
(Анатолий Френкель)

Introduction and Notes by
Victor Fet

evertype

2022

Издательство/*Published by* Evertype, 19A Corso Street, Dundee, DD2 1DR, Scotland. *www.evertype.com*.

Алиса в Стране Чудес (Alisa v Strane Chudes). Название произведения в оригинале/*Original title*: *Alice's Adventures in Wonderland*. Автор/*Author*: *Льюис Кэрролл*/Lewis Carroll. Первое издание: Лондон, Макмиллан & Компания/*First edition London*: Macmillan & Company, 1865.

Издание первое/First edition. 1923. Carroll, Lewis. *Алиса в стране чудес*. Переработал для русских детей А. Д'Актиль [= Анатолий Адольфович Френкель]. Москва–Петроград: Издательство Л. Д. Френкель, 132 с. (*Alisa v strane chudes*. Translated for Russian children by A. D'Aktil' [= Anatolii Adol'fovich Frenkel']. Moscow–Petrograd: L. D. Frenkel', 132 pp. (in Russian). [Illustrations by John Tenniel, not acknowledged].

Издатель/*This edition* © 2022 г. *Майкл Эверсон*/Michael Everson.

Редактор-консультант/*Advisory Editor* Виктор Фет/*Victor Fet*.

Первое издание издагельства «Эвертайп»/*First Evertype edition* 2022 г.

Каталожная запись этой книги доступна в Британской библиотеке.
A catalogue record for this book is available from the British Library.

ISBN-10 1-78201-282-6
ISBN-13 978-1-78201-282-5

Гарнитура De Vinne Text, Mona Lisa, ENGRAVERS' ROMAN, и *Liberty*. Набор Майкла Эверсона.
Typeset in De Vinne Text, Mona Lisa, ENGRAVERS' ROMAN, and Liberty by Michael Everson.

Иллюстрации/*Illustrations*: John Tenniel/*Джон Тенниел*, 1865.

Обложка/*Cover*: *Майкл Эверсон*/Michael Everson.

Предисловие

Что делать исследователю, если он ненавидит и презирает автора, о котором ему приходится писать?

С чрезвычайно смешанными чувствами я представляю читателю этот перевод *Приключений Алисы в Стране Чудес*, опубликованный в СССР почти 100 лет назад, в 1923 г.

Текст перевода вполне хорошо читается по-русски, а пародийные стихи и игра слов, добавленные автором, изобретательны и остроумны.

Однако, сам переводчик, Анатолий Френкель (литературный псевдоним А. Д'Актиль) (1890–1942)—фигура отвратительная, выдающаяся даже в той галерее монстров, которая переполнена коммунистическими пропагандистами. Искусный стихотворец, который умел проникать глубоко в души своих несчастных жертв, Френкель был одним из главных создателей гимнов, прославлявших новую диктатуру.

Родился Анатолий Френкель в Иркутске, в состоятельной еврейской семье; отец его был аптекарем. При рождении его имя было Носон-Нохим, но позже (в 1909) он крестился в католическую веру—так ассимилированный еврейский юноша в Российской Империи мог избегнуть образовательного ценза. Френкель принял не только новое имя, Анатолий, но и отчество, став из Абрамовича— Адольфовичем; т.е. из «сына Авраама» он превратился в «сына Адольфа». Это было только первой трансформацией будущего переводчика *Алисы*.

Френкель отлично знал английский язык. В возрасте 13 лет (после смерти отца) он перемещается из Сибири в Нью-Йорк, где живет у своих родственников и заканчивает четырёхлетний колледж. Возвратившись в Россию, он учится на юриста сначала в Томском, а потом в Петербургском университетах, но так и не заканчивает курса. С 1912 г. Френкель живет в Петербурге, редактирует еженедельник *Жизнь и суд*—и становится поэтом-сатириком. Его стихи появляются в ведущих журналах (*Сатирикон, Бич, Стрекоза*), где впервые возникает и его претенциозный псевдоним, Д’Актиль (основанный на названии стихотворного размера *дактиль*). Френкель использовал и другие псевдонимы, среди них А. Д’А и даже Евгений Онегин.

После падения монархии в феврале 1917 г., Френкель успевает опубликовать сатирические куплеты о Ленине как о немецком агенте («А Ленины, а Ленины / На пфенниги разменены»). После октябрьского переворота он оказывается в независимой Украине, где работает в известном кабаре «Кривой Джимми», публикует сатирические стихи в харьковских газетах и даже антикоммунистическую книгу *Бабушкины сказки о коммуне* (Зуб, 2010).

Однако уже на следующий год, в разгар гражданской войны, Френкель появляется в рядах коммунистов в качестве пропагандиста в Первой Конной Армии. Он быстро становится одним из самых известных поэтов-песенников, когда-либо служивших диктаторским режимам. Созданные им строки *Марша конников Будённого* (1920; музыка

Дмитрия Покрасса), прославляющие победоносную Красную Армию, были известны миллионам советских граждан на протяжении десятилетий.

Поколения военизированных детей выросли на строках Френкеля «Даёшь Варшаву, дай Берлин—и врезались мы в Крым!» Это—лозунг мировой революции, которую несли народам на своих штыках воины Красной Армии.

Упоминание Крыма относится здесь к последней победе коммунистических войск над Добровольческой армией Врангеля (ноябрь 1920 г.). Среди тысяч людей, которые смогли спастись, бежав из Крыма, был и молодой Владимир Набоков (1899–1977), чей эмигрантский перевод *Алисы* будет опубликован в том же 1923 г., что и перевод Френкеля—но в Берлине, до которого Красная Армия тогда ещё не дошла.

В 1920х–1930х гг. Френкель очень активно публикует пропагандистские сатирические стихи, в том числе антирелигиозные (сборник *Песней по богу*). Он сочиняет эстрадные ревю, песни к фильмам и популярные душещипательные романсы, исполняемые Леонидом Утёсовым (*Две розы, Тайна*). Среди серьёзных литературных переводов Френкеля с английского—*Ночь ошибок* Оливера Голдсмита, *Девушка с корабля* П. Г. Вудхауза, короткие рассказы О. Генри.

В начале Второй Мировой Войны именно Френкель сочиняет позорную песню для Красной Армии, заранее заготовленную для финской кампании Сталина, *Принимай нас, Суоми-красавица*.

Френкель был эвакуирован из осаждённого Ленинграда и умер в 1942 г. в Перми (тогда носившей название Молотов).

В переводе *Алисы*, который был опубликован Френкелем под его литературным псевдонимом Д'Актиль (Carroll, 1923b), мы не найдём следов его коммунистической идеологии или недавней пропаганды времён Гражданской войны. Этот текст политически нейтрален и предназначен для русских детей начала нэпа.

Книга была опубликована (тиражом 3 000 экз.) частным издательством Л. Д. Френкеля (Москва—Петроград). Лев Давидович Френкель (1858 г. р., возможно, родственник переводчика?) был врачом, до революции издавал гомеопатический журнал. В краткий период первой половины нэпа (1922–1925) его книжное издательство публиковало популярную литературу и беллетристику. Он, в частности, опубликовал рассказы О. Генри (1924) в переводе Д’Актиля. А в том же 1924 г., Л. Д. Френкель издал книгу *Алиса в Зазеркальи*—первый русский перевод второй части дилогии Кэрролла (*Through the Looking-Glass*) В. А. Азова. Это—псевдоним бывшего сатириконовца Владимира Ашкенази (1873–1948) (Carroll, 1924).

Текст перевода Д’Актиля не подвергался пристальному исследованию (см. Лобанов, 2002). Фэн Паркер (Parker, 1994, pp. 26–28) считает, что переводчик «в целом хорошо понимает английский язык», но, что этот перевод—«не среди лучших». Паркер (Parker, 1994: 26) ошибочно утверждала, что перевод Д’Актиля часто переиздавался; на самом деле его первое переиздание вышло только в 2006 г.

Перевод вполне хорошо читается по-русски, и в целом аккуратно следует тексту Кэрролла. Возможно, переводчик был знаком с какими-либо из четырёх дореволюционных русских переводов 1908–1913 гг. (все они были опубликованы в Петербурге). Самый первый русский перевод, *Соня в царстве дива* (Carroll, 1879), скорее всего, был забыт к этому времени.

Игра слов Д’Актиля довольно изобретательна; особенно хорошо подобраны его «школьные» фонетические каламбуры. При этом складывается впечатление, что книга и её юмор адресованы не только детям, но также и их родителям. Будучи опытным стихотворцем, Д'Актиль легко создавал качественные пародийные стихи, и, как делали все его предшественники в России, заменял пародии Кэрролла на английскую поэзию пародиями на хорошо известные русские тексты. В некоторых случаях он сочинял собственные стихи. Оригиналы пародируемых стихотворных текстов были известны каждому школьнику—басни Крылова, *«Птичка Божия...»* Пушкина, *Казачья колыбельная* Лермонтова. Д'Актиль сознательно усиливает роль литературных пародий в тексте книги, добавляя в ряде мест фразы, пародирующие стихи, известные главным образом взрослому читателю, например, *Горе от ума* Грибоедова, романс Аполлона Майкова *Не говори...* В тексте есть ряд интересных замещений имён и образов, которые подробно рассмотрены в примечаниях к этой книге. Некоторые из них очевидно указывают на времена нэпа—Новой Экономической Политики, когда коммунистическое правительство временно разрешило ограниченные свободы, в том числе частную собственность и торговлю—и даже частные книжные издательства. В тексте чувствуется хамелеоновская природа Д'Актиля, который пытается убедить читателя, что жизнь возвращается в нормальное русло—по крайней мере в пределах детской.

Явные маркеры нэпа мы находим в упоминании новых советских монет и цен. «Полтинник», 50-копеечная серебряная монета, заменяет в тексте Алисин шестипенсовик, а этикетка, обозначающая цену на шляпе Шляпочника (рисунок Дж. Тенниела, «10/6» , т.е. 10 шиллингов 6 пенсов) «переведена» как «5 руб. 50 коп.» Это—отражение недавней (1922) финансовой реформы, которая прекратила гиперинфляцию, вызванную революцией 1917 г. и Гражданской войной (1918–1920).

Перевод Д'Актиля опубликован в том же году, что и перевод В. Сирина (Владимира Набокова), *Аня в стране чудес* (Carroll, 1923a). Нам неизвестен точный месяц публикации книги Д'Актиля. Эмигрантский перевод молодого Набокова был заказан ему издательством «Гамаюн» в Берлине в 1922 г, и вышел в свет уже в марте 1923 (дополнительный тираж в мае) (Boyd, 1990; М. Джуллиард, личное сообщение). Между Берлином и Советской Россией в это время имелся активный обмен книгами, и эмигрантская литература не была ещё запрещена. Многие советские авторы ездили в Берлин и печатались там по-русски. Более того, издатель книг Д'Актиля, Л. Д. Френкель, сам в то же время публиковал книги русских эмигрантов в Берлине, например, книгу Ивана Пуни *Современная живопись* (1923). Весьма возможно, что Д'Актиль был знаком с текстом Набокова. Набоков же утверждал, что, будучи знаком с английским текстом с раннего детства, никогда не читал других русских переводов *Алисы в Стране Чудес*—ни до, ни после того, как перевёл её сам. Подробнее о переводе Набокова см. Fet (2009).

Два этих перевода мало похожи друг на друга, как уже отмечала Ф. Паркер (Parker, 1994, с. 26), и совпадения между ними видны в основном благодаря сходному переводу текста, приближенного к оригиналу, или использованием одних и тех же исходных стихотворений для пародий при «одомашнивании» текста. Например, оба переводчика использовали цыганскую песню из поэмы Пушкина *Цыганы* (1827), «*Птичка Божия не знает...*» как основу для своих «одомашненных» пародий, которые замещают первую стихотворную пародию в книге, «*How Doth the Little Crocodile*». Эти строки Пушкина были одним из самых стандартных школьных текстов для русских детей; несколько русских переводчиков *Алисы* также использовали их в качестве основы для пародии.

Я обратил внимание, однако, на два важных элемента перевода Д'Актиля, которые могли либо возникнуть независимо, либо быть заимствованы у Набокова. Это— «сухая» историческая лекция Мыши (Глава III) и знаменитая фраза Королевы «Сначала приговор!» (Глава XII). Вместо кэрролловской лекции о Вильгельме Завоевателе, в переводе Набокова Мышь рассказывает:

> Утверждение в Киеве Владимира Мономаха мимо его старших родичей повело к падению родового единства в среде киевских князей. После смерти Мономаха Киев достался не братьям его, а сыновьям и обратился, таким образом, в семейную собственность Мономаховичей. После старшего сына Мономаха, очень способного князя Мстислава... в Киеве один за другим княжили его родные братья. Пока они жили дружно, их власть была крепка; когда же их отношения обострились ... то против них поднялись князья Ольговичи и не раз силою завладевали Киевом. Но Мономаховичи в свою очередь...

Этот текст (84 слова) был взят Набоковым дословно из знаменитого учебника русской истории (впервые изданного в 1909–1910) С. Ф. Платонова. Известнейший историк, Сергей Федорович Платонов (1860–1933) до 1926 г. преподавал в Ленинградском Университете, заведовал Археологическим Институтом и Пушкинским домом. В 1930 г. он был арестован и обвинен в заговоре совместно с Германией «для восстановления на русском троне своего бывшего ученика, Великого Князя Андрея Владимировича». Платонов был сослан в Самару и там умер.

Для тех эмигрантских детей, которые читали перевод Набокова в 1923 году в Берлине и Праге, Париже и Белграде, слова учебника о династических ссорах киевских князей были далеки от «сухих» лекций—многие из этих детей помнили Гражданскую войну, в том числе и в Киеве, тогда же описанную Булгаковым в романе *Белая гвардия* (1926).

В переводе Д'Актиля, как мне удалось установить, для лекции Мыши использован тот же самый учебник Платонова, и излагаются практически те же самые средневековые события. Цитата, приведенная в переводе Д'Актиля (76 слов), однако, не перекрывается с набоковской:

«„Киевский великокняжеский стол был жертвою постоянных междоусобиц, возникавших вследствие того, что родовые понятия князей не соответствовали правильному государственному порядку. Не умея выработать правильного наследования власти и помирить притязания разных ветвей многолюдного княжеского рода... князья для решения своих споров очень легко обращались к оружию и начинали междоусобия. Но Владимир Мономах, который нашёл это гибельным... решил принять все зависящие от него, как главы рода, меры, чтобы прекратить явление, одновременно разрушительное для страны и постыдное для членов княжеского рода...“»

Таким образом, у Д'Актиля Мышь рассказывает о том, как князь Владимир Мономах устанавливал свою династию в Киеве, тогда как у Набокова Мышь повествует о ссорах князей уже после смерти Мономаха (1125 г.). Не исключено, что эта замена была сделана Д'Актилем независимо Набокова, поскольку наверняка оба хорошо знали учебник Платонова по своим школьным годам в дореволюционной России. К тому же, повествование о Мономахе представляется естественной заменой, поскольку относится примерно к тому же средневековому периоду (начало 12 века), что и кэрролловская история Вильгельма Завоевателя (11 век).

Другое любопытное совпадение—это важная фраза Королевы в Главе XII. У Д'Актиля мы находим тот же смысловой сдвиг, что и у Набокова (см. Fet, 2009). Знаменитая строка Кэрролла «Сначала приговор—потом вердикт!» в обоих переводах изменена на «Сначала казнь—потом приговор!»

Вот это действительно бессмыслица, «stuff and nonsense»! Приговор-то можно обжаловать. Даже в отсутствие суда присяжных, монарх может помиловать приговоренного, то есть отменить или изменить *приговор* (как, скажем, в случае Достоевского). Но вот совершившуюся *казнь* не обжалуешь и не отменишь... Очевидно, что в обоих переводах смысловой сдвиг сделан специально. Приглашение на казнь было реальностью в Советской России. По словам Эллен Пайфер (Pifer, 1980, p. 182) «И Набоков, и Солженицын в своих описаниях судебных процессов в тоталитарном государстве обращаются к кошмарной логике, прославленной викторианской фантазией Кэрролла, где Королева Червей объявляет "Сначала приговор—потом вердикт!"»

Интересно, что этот кровожадный сдвиг появляется в русских переводах ещё до революции 1917 г. Мы обнаруживаем его впервые в сокращённом переводе 1913 г., который был опубликован без имени переводчика, но скорее всего принадлежит Михаилу Чехову, брату А.П Чехова. В этом тексте Королева заявляет: « Сперва надо Валета казнить, а потом уже постановлять и решение!» (Carroll, 1913, с. 61).

Это предложение отсутствует в самом первом русском переводе (1879), однако оно в точности следует тексту Кэрролла в остальных трёх переводах, опубликованных до

1917 г., когда в России всё ещё существовал суд присяжных.

Королева у Кэрролла меняет процедуры местами, отсюда и логический нонсенс: как же можно приговорить человека, если присяжные не установили его вины? Но британская подданная Алиса, за которой стоят сотни лет суда присяжных, возражает на такое беззаконие: «Stuff and nonsense! The idea of having the sentence first!» (буквально: «Какая ерунда и бессмыслица! Невозможно сперва выносить приговор!»). Однако, ещё более абсурдный приказ «Сначала казнь—потом приговор!» воспринимался естественно в России после революции 1917 г. и долгой, кровавой Гражданской войны—в которой Д'Актиль и Набоков оказались на противоположных сторонах.

Такие песни Д'Актиля, как *Марш энтузиастов* (1940, музыка Исаака Дунаевского) до сих пор (80 лет спустя!) вызывают душевный подъём у тех (включая меня самого), кому в детстве промывали мозги верой в коммунистическую утопию:

> *Нам ли стоять на месте?*
> *В своих дерзаниях всегда мы правы,*
> *Труд наш есть дело чести,*
> *Есть дело доблести и подвиг славы.*

Эти строки могли быть взяты из Джорджа Оруэлла: в СССР в 1940 г., *свобода была рабством*. Бодрые, вдохновляющие марши на слова Д'Актиля убеждали нас, что мы принадлежим к наиболее прогрессивному обществу, которое отважно строит светлое будущее. В 1920-х–1950-х годах, миллионы советских граждан слышали из репродукторов эти песни—и «на свободе», и внутри лагерей ГУЛАГа.

Мы не будем исключать работу Д'Актиля из канона русских переводов Льюиса Кэрролла, как это делали его коммунистические начальники в течение 70 лет по отношению к *Ане* Набокова. Пусть имя этого переводчика останется в истории как мрачное предостережение литераторам, которые служат тем, кто лжёт, убивает и обращает в рабство.

Виктор Фет

Хантингтон, январь 2022

Foreword

What does a scholar do if he deeply despises the author he is writing about?

It is with very mixed feelings that I introduce this translation of *Alice's Adventures in Wonderland*, published in the Soviet Union almost 100 years ago, in 1923.

The text itself reads well, and its poetry and puns are good and inventive.

But the translator—Anatolii Frenkel′ (Анатолий Френкель) a.k.a. A. D'Aktil′ (А. Д'Актиль) (1890–1942)—cuts quite a repulsive figure even in the gallery of the Communist propaganda hacks. A skilled poet who hacked into our souls, Frenkel′ was a creator of enthusiastic hymns praising the new dictatorial regime.

Anatolii Frenkel′ was born in a middle-class Jewish family in Irkutsk, Siberia; his father was a pharmacist. Anatolii's name and patronymic at birth were Noson-Nokhim Abramovich; in 1909, he converted to Catholicism, which was a way for a Jewish youth in the Russian Empire to avoid restrictions in education. Frenkel′ adopted a new first name, Anatoly, and a new patronymic Adol′fovich—becoming a 'son of Adolf' instead of a 'son of Abraham'. This was only the first of many future transformations of this industrious *Alice* translator.

Frenkel' must have known his English well. In a remarkable feat for a provincial Russian teenager, at age 13 he moved from Siberia to live with his relatives in New York, where he graduated from a four-year college. Anatolii did not stay in the USA but returned to the Russian Empire, where he attended law schools at the Tomsk and then St Petersburg Universities, though he never completed his degree. In 1912, Frenkel' settled in St. Petersburg, where he edited a weekly law review *Zhizn' i sud* (*'Life and the Court'*) and became a satirical poet. He published in the leading magazines such as *Satirikon*, *Bich*, *Strekoza*, etc. where his pretentious pen name A. D'Aktil' (А. Д'Актиль; a pun on *дактиль daktil'* 'dactyl') first appeared. He had other pen names such as A. D'A or even Evgenii Onegin.

After the fall of the monarchy in February 1917, he was on record ridiculing Lenin as a German agent in his satirical ditties; after the Bolshevik *coup d'état* in October 1917 we see Frenkel' in the briefly independent Ukraine, writing for the Krivoi Dzhimmi ('One-Eyed Jimmy') cabaret. He published satirical verse in Kharkov papers, and even an anti-Communist book titled *Бабушкины сказки о коммуне* (*Babushkiny skazki o commune* *'Grandmother's Tales about the Commune'*) (Zub, 2010).

But within a year Frenkel' emerged on the Communist side of the bloody Civil War as a propaganda commissar in the First Cavalry Army. He rapidly became one of the most prominent rhymesters who ever served any dictatorship. Known to the millions over the decades was his *Марш конников Будённого* (*Marsh konnikov Budënnogo* *'March of Budënny's Cavalry'*, 1920; music by Dmitry Pokrass) that glorified the Red Army.

Generations of militarized Soviet children were brought up on its lines, "Даёшь Варшаву, дай Берлин—и врезались мы в Крым!" ("Daësh′ Varshavu, dai Berlin—i vrezalis′ my v Krym!" "'Give us Warsaw, give us Berlin—and here we plough into the Crimea!'")—a message of the World Revolution carried on the bayonets of the Red Army.

The Crimea attack refers to the final victory of the Red Army (November 1920) over the White movement led by Baron von Wrangel. Among the thousands who escaped from the Crimea to Europe, was young Vladimir Nabokov (1899–1977), whose émigré *Alice* translation would be published in 1923—in the same year as Frenkel″s, in Berlin—then still out of reach for the Red Army.

In the 1920s and 1930s, Frenkel′ was active publishing pro-Communist satirical verse, including viciously anti-religious poetry. His work diversified from anti-Western cabaret reviews to tear-jerking film lyrics, performed by the best Soviet jazz singer Leonid Utësov. He authored lyrics for the well-known songs such as *Две розы* (*Dve rozy* 'Two roses') and *Тайна* (*Taina* 'A Secret'). Frenkel″s serious literary translations from English included Oliver Goldsmith's *She Stoops to Conquer*, P. G. Wodehouse's *The Girl on a Boat*, and short stories by O. Henry.

At the beginning of World War II, Frenkel′ supplied a Red Army song, shamelessly prefabricated for Stalin's winter campaign of 1939 to subjugate Finland, *"Принимай нас, Суоми-красавица"* (*"Prinimai nas, Suomi-krasavitsa"* "'Welcome us, a beautiful Suomi'").

Frenkel′ was evacuated from the besieged Leningrad and died in Perm (then Molotov) in the Ural Mountains in 1942.

Frenkel″*s Alice* translation, published under his pen name A. D'Aktil′ (Carroll, 1923b) bears no traces of his Communist allegiances or a recent Civil War propaganda. This text is politically neutral, directed at Russian children of the *нэп* (*nėp*, for 'New Economic Policy') period (1921–1929).

The book (with a print run of 3,000 copies) was released by the publishing house of L. D. Frenkel' (Moscow–Petrograd). The same last name may be a coincidence rather than a family relation. A *nėp*-time private publisher, Lev Davidovich Frenkel' (b. 1858) was a physician who in the 1910s published a homeopathic journal. In a brief period of 1922–1925, L. D. Frenkel' published fiction and non-fiction books, including D'Aktil''s translations from O. Henry (1924). Also in 1924, the same publisher released *Алиса в Зазеркальи Alisa v Zazerkal'i,* the very first Russian translation of Lewis Carroll's *Through the Looking-Glass* by V. A. Azov, a pen name of Vladimir Ashkenazi (Carroll, 1924).

D'Aktil''s *Alice* text has not been analysed by scholars in detail (see Lobanov, 2002); only Fan Parker (1994, pp. 26–28) reviewed it, quite briefly, characterizing D'Aktil's translation as having "overall good command of English" but being "not among the best." Parker (1994: 26) incorrectly stated that D'Aktil's translation has been frequently reprinted; it was in fact never reprinted until 2006.

The translation reads well in Russian and is quite true to Lewis Carroll. The translator could have been familiar with some of the four pre-revolutionary Russian translations of 1908–1913, all published in St. Petersburg. The very first Russian translation, *Соня в царстве дива Sonia v tsarstve diva* (Carroll, 1879), had most likely been forgotten by the 1910s.

D'Aktil''s puns are quite inventive, with especially good phonetic equivalents for Carroll's school puns. One feels that his book is directed not only at children but also, tongue-in-cheek, at their parents. An experienced rhymester, D'Aktil' had no problem writing good parody poetry, which was domesticated, as did his Russian predecessors. He parodied poems known to every schoolchild: Krylov, Pushkin,

Lermontov—or created his original pieces; he also enhanced the literary parody in Carroll's text, adding here and there parodied phrases from sources known more likely to an adult Russian reader of the early 1920s than to small children (such as Griboedov or Maikov). There are many interesting replacement names and imagery offered by this translator, which are in detail discussed in the Notes at the end of this book. Some of them are firmly rooted in the *nêp*, when, for a brief period, the Communist government loosened its reins allowing a degree of freedom, a limited private property and trade, and even private publishing houses. One can feel the chameleon nature of D'Aktil' who pretends that things are "back to normal"—at least in the nursery.

We see clear markers of *nêp* in the translation's new Soviet coinage (Alice's *полтинник—poltinnik*, a 50-kopeck silver coin) and prices (the Hatter's hat costs 5 roubles 50 kopecks), both signs of the recent (1922) financial reform that ended the hyperinflation caused by the 1917 Revolution and the Civil War (1918–1920).

D'Aktil''s translation of *Alice* appeared the same year as that of V. Sirin (Vladimir Nabokov), *Аня в стране чудес* (*Ania v strane chudes*) (Carroll, 1923a). We do not know the exact month of D'Aktil''s publication. The young Nabokov's émigré translation was commissioned by the Gamaiun publishing house (Berlin) in 1922, and published already in March 1923 (second printing, in May) (Boyd, 1990; M. Julliard, personal communication). There was an active traffic in books between Berlin and the Soviet Russia at this time, and the émigré literature was not yet banned; many Soviet authors traveled to Berlin and published there, in Russian. Moreover, D'Aktil''s publisher, L.D. Frenkel', himself published books by the Russian émigré authors in Berlin—e.g., Ivan Puni's *Современная живопись* (*Sovremennaia zhivopis' 'Modern Painting'*), 1923). It is quite possible that D'Aktil′ knew about Nabokov's text. Nabokov, on his side, stated that he had never read any other Russian translation of *Alice*, before or after he created his version. I have discussed Nabokov's translation in detail elsewhere (Fet, 2009)

The two texts are very different (as noted by Parker, 1994, p. 26), and the coincidences are largely due to a close translation of the original or the same, obvious choices for domestication. For example, both use a Gypsy song from Pushkin's long poem Цыганы (*Tsygany* 'The Gypsies', 1827), "Птичка Божия не знает..." ("*Ptichka Bozhiia ne znaet...*" "A God's little bird knows not...") as a template for their parody replacing *"How Doth the Little Crocodile"*. This is one of the standard first poems that Russian children used to learn, and it was used as a parody template by several Russian translators of *Alice* starting from 1879.

There are, however, at least two important instances that could be either coincidences, or appropriations from Nabokov by D'Aktil′: The Mouse's "dry lecture" (Ch. III) and the Queen's famous "sentence first" statement (Ch. XII). Nabokov's Mouse, in its "dry lecture" on medieval Russian history (which supplants Carroll's history of William the Conqueror), explains how

after [Prince Vladimir] Monomakh's death, Kiev passed not to his brothers but to his sons, and became therefore a family property of the Monomakhovichs. While they lived in friendship, their power in Kiev was strong; but when their relationships worsened... the Ol′govich princes rose against them, and took Kiev by force more than once... But the Monomakhovichs, in their turn..."

This text was taken by Nabokov verbatim from a famous textbook of Russian history (first published in 1909–1910) by Sergei Platonov (1860–1933). A prominent historian, S. F. Platonov, who lectured until 1926 at Leningrad University, was in charge of the Archaeological Institute and Pushkinskii Dom; in 1930 he was arrested and accused of plotting with Germany for "restoration to the Russian throne of his former student, Grand Duke Andrei Vladimirovich." Platonov was exiled to Samara and died there.

For those émigré children who read Nabokov's translation in 1923 in Berlin and Prague, Paris and Belgrade, the textbook words about Kievan struggles were not at all dry—they bore a very fresh echo of the Russian Civil War.

We see now that D'Aktil′ used the *same* textbook for his Mouse's lecture and chose the same historical time and subject as Nabokov. However, D'Aktil′ used a non-overlapping quote found in Platonov's text a few paragraphs earlier. Thus, in D'Aktil′'s text, the Mouse talks about the efforts of Vladimir Monomakh to establish his dynastic rule in Kiev, while Nabokov's Mouse is focused on the princes' quarrels after Monomakh's death (1125). I admit that the replacement could have been done independently by Nabokov and D'Aktil′ since Platonov's textbook was likely studied by both translators in their school years before the Russian Revolution of 1917. Also, the Monomakh episode would be a natural replacement choice as it refers to approximately the same medieval period (early 12th century) as the story of William the Conqueror (11th century).

Another interesting coincidence is the Queen's important statement from Глава XII. We find in D'Aktil′ the same shift as in Nabokov (see Fet, 2009, op. cit.). Carroll's famous line is "Sentence first—verdict afterwards!"—while in *both* Nabokov's and D'Aktil′'s texts the Queen says, quite differently, "Execution first—sentence afterwards!".

This, indeed, is "stuff and nonsense". After all, a *sentence* could be appealed or commuted, even without a jury system. An absolute monarch could do that (one recalls Dostoyevsky's case). But *execution,* once done, can hardly be appealed. Clearly, in both 1923 texts this "enhanced" translation was an intentional modification. The beheading motif was a reality in Soviet Russia. As Ellen Pifer (1980, p. 182) notes, "Both Nabokov's and Solzhenitsyn's treatments of the totalitarian state's mock trials call attention to the nightmarish logic made famous by Carroll's Victorian fantasy, in which the Queen of Hearts appropriately calls for the 'Sentence first—verdict afterwards'."

Interestingly, this bloodthirsty shift appears in Russian translations of *Alice* even before the 1917 Revolution. We find it for the first time in a 1913 abridged translation (anonymous, allegedly by Mikhail Chekhov, the brother of the famous writer Anton Chekhov), the Queen says "Let the Knave be executed first, and then they can have their verdict!" (Carroll, 1913, p. 61).

The sentence is notably missing from the very first Russian translation (1879) but it follows Carroll in other three translations published before 1917—when the trial by jury still existed in Russia.

Carroll's Queen switches the steps of the traditional judiciary procedure, hence the logical nonsense: how could one be sentenced before the guilt is established? The British citizen Alice with centuries of tradition behind her is fuming: "Stuff and nonsense! The idea of having the sentence first!" But an even more nonsensical idea of having "Execution first—sentence afterwards!" came naturally to Russian translators after the 1917 Revolution and the long, bloody civil war—in which D'Aktil' and Nabokov were on different sides.

D'Aktil''s songs such as *Марш энтузиастов* (*Marsh ėntuziastov 'March of the Enthusiasts'*, 1940, music by Isaak

Dunaevskii) still (80 years later!) evoke emotional response in those who—like myself—in the early childhood were brainwashed to believe in their Utopian message:

Нам ли стоять на месте?
В своих дерзаниях всегда мы правы,
Труд наш есть дело чести,
Есть дело доблести и подвиг славы.

Nam li stoiat′ na meste?
V svoikh derzaniiakh vsegda my pravy,
Trud nash est′ delo chesti,
Est′ delo doblesti i podvig slavy.

'We are not the ones who stand still,
We are always right in our bold pursuits.
Our labor is a matter of honor,
A matter of braveness, a deed of fame.'

These lines could come straight from George Orwell: in the USSR of 1940, freedom *was* slavery. The uplifting, ponderous marching tunes accompanied by D'Aktil″'s lyrics told us that we belonged to the most progressive society that was boldly building the future utopia. These lines were heard on radio daily by the millions of Soviet people, outside and inside of the Gulag concentration camps of the 1920s–1950s.

We will not ban D'Aktil″'s work from the Russian canon of Lewis Carroll's translations—as his Communist bosses banned V. Sirin's (Vladimir Nabokov's) *Ania* for almost 70 years. Let his name stay in history as a grave reminder to the writers lending their pen to those who lie, kill, and enslave.

Victor Fet
Huntington, January 2022

Алиса в Стране Чудес

Содержание

Под знойным солнцем мы плывём
    Лениво в челноке.
Две пары детских рук гребут,
    Влача весло в песке.
А третья, завладев рулём,
    Нас кружит по реке.

Ах, эти Трое! В зной такой
    Потребовать рассказ!
Для сказок—полдень на реке
    Не место и не час.
Но против бойких голосков
    Бессилен робкий глас!

Приказ от Первой—начинать
    Скорей, без лишних фраз!
Второй желательно, чтоб был
    «Бессмысленный» рассказ!
А Третья может перебить
    В минуту десять раз!

И вот следят они втроём,
    Смешно разинув рты,
Как бродит по Стране Чудес
    Дитя моей Мечты,
Как запросто болтают с ней
    То Зайцы, то Коты.

А только станет потухать
    Фантазии костёр
И скажешь, утомясь плести
    Живой и пёстрый вздор:
«Конец потом…»—«*Уже* потом!»
    Кричит весёлый хор.

И вновь—разинутые рты,
    В глазах—восторг немой…
Так вырос, за главой глава,
    Рассказ чудесный мой.
И вот—весёлый экипаж—
    Плывём назад, домой.

Алиса! Сказку детских дней,
    Невинный плод мечты –
В далёком уголке души
    Храни ревниво ты,
Как пилигрим хранит давно
    Засохшие цветы!

Глава I

Кроличья Нора

Алисе уже порядком надоело сидеть со старшей сестрой на берегу и ничего не делать. Раз или два она заглянула в книжку, которую читала сестра, но там не было ни картинок, ни разговоров. «А какой смысл в книжке,» решила Алиса, «раз нет разговоров и картинок!»

И вот она стала соображать (довольно, впрочем, медленно, потому что жара сделала её сонной и глупой), стоит ей или не стоит плести венок из маргариток, как вдруг Белый Кролик с розовыми глазами пробежал очень близко от неё.

В этом не было ничего *очень* уж замечательного. Алисе даже не показалось *очень* странным и то, что Кролик пробормотал себе под нос: «Ай-яй-яй! ай-яй-яй! Я здорово запоздаю!» Но когда Кролик *вынул часы из жилетного кармана*, посмотрел на них и ускорил шаг, Алиса вскочила на ноги: в самом деле, ей ещё ни разу не приходилось видеть кролика с жилетным карманом и с часами, которые можно было бы вынуть оттуда! Сгорая от любопытства, она бросилась через поле вдогонку Кролику и настигла его в тот момент, когда он нырнул в широкую нору под изгородью.

В следующую секунду Алиса нырнула туда же, совсем не думая о том, как она выберется обратно.

Кроличья нора шла некоторое время прямо—на манер тоннеля—а затем обрывалась неожиданно вниз. И прежде чем Алиса успела подумать о том, чтобы остановиться, она уже летела вниз широкого и глубокого колодца.

Либо колодец этот был очень уж глубок, либо она падала чрезвычайно медленно, но у Алисы оказалось достаточно времени, чтобы осмотреться и предаться размышлениям. Сначала она попробовала взглянуть вниз и определить, куда она летит,—но было слишком темно, чтобы что-нибудь видеть. Потом она осмотрелась по сторонам колодца и заметила, что они состояли из рядов книжных и посудных полок; там и сям на колышках висели картины и карты. Она сняла банку с одной из полок, когда поравнялась с нею. На банке была этикетка: «АПЕЛЬСИННОЕ ВАРЕНЬЕ», но, к её великому разочарованию, банка оказалась пустой. Алиса не хотела бросить банку из боязни убить кого-нибудь внизу и ухитрилась поставить её на одну из полок, пока летела мимо.

«Ну,» подумала Алиса, «после такого падения мне будет казаться пустяками слететь с лестницы! Какой храброй станут считать меня теперь все домашние! Да что! Я не пикну теперь даже в том случае, если свалюсь с крыши дома.» (Последнее утверждение было весьма похоже на правду!)

Вниз, вниз, вниз… Может быть, падение *никогда* не кончится? «Интересно, на сколько вёрст вниз я уже успела упасть?» сказала Алиса вслух. «Должно быть, я где-нибудь около центра земли. Позвольте, до него, кажется, четыре тысячи вёрст…[1] (Видите ли: Алиса вынесла много подобных сведений из своих занятий в классе. И хотя настоящее место и время нельзя было назвать *очень* удачными для обнаруживания своих познаний, так как её некому было слушать, однако налицо был удобный случай повторить пройденное.) «Да, это приблизительно верное расстояние—но в таком случае хотела бы я знать, на какой широте и долготе я нахожусь?» (Алиса не имела ни малейшего понятия о том, что такое долгота или широта, но ей было приятно произносить такие звучные серьёзные слова.)

И вот она начала снова: «Любопытно, не упаду ли я вообще *сквозь* землю? Как смешно будет очутиться между людьми, ходящими головами вниз. Кажется, они называются „антипатиями“…» (На этот раз она была, пожалуй, даже рада, что её никто не слышит, потому что слово звучало не совсем правильно.) «Но мне придётся спросить, как называется их страна. „Простите, сударыня, это Новая Зеландия или Австралия?“» (И она попробовала сделать книксен, говоря это. Вообразите, делать книксены, пока падаешь! Вы бы сумели это, как по-вашему?) «А за какую невежественную девочку они меня примут! Нет, спрашивать положительно не годится! Может быть, я увижу где-нибудь надпись?»

Вниз, вниз, вниз… Так как больше делать было нечего, Алиса снова принялась за разговоры. «Дина сегодня вечером будет здорово скучать без меня, я думаю. (Диной звали кошку.) Надеюсь, наши вспомнят о молоке для неё, когда сядут пить чай. Дина, дорогая моя, я хотела бы, чтобы ты была здесь со мной! Боюсь, в воздухе не водится мышей, но ты могла бы поймать летучую мышь, а это, знаешь, почти одно и то же. Впрочем, едят ли кошки летучих мышей? Птиц-то они едят—а вот как насчёт других летающих созданий? Например, мошек?» И так как к этому времени на Алису напала дремота, то она стала повторять сонным голосом: «Едят ли кошки мошек? Едят ли кошки мошек?». А иногда: «Едят ли мошки кошек?» Потому что, вы сами понимаете, раз она не могла ответить ни на тот, ни на другой вопрос, было совершенно всё равно, какой из них ни задать. Алиса начала понемножку засыпать, но только что ей стало сниться, что она гуляет рука об руку с Диной и самым серьёзным образом говорит ей: «Ну-с, Дина, сознайся: ты когда-нибудь ела мошек?»—как внезапно: бух! бух! бух!—она почувствовала под собой кучу валежника и сухих листьев—и падение кончилось.

Алиса нисколько не ушиблась и в ту же секунду вскочила на ноги. Она взглянула наверх—но там зияла чёрная дыра. Перед ней же расстилался узкий проход и спешащий вдоль него Белый Кролик был ещё в виду. Нельзя было терять ни минуты. Алиса, как ветер, помчалась вдогонку и приблизилась настолько, что могла слышать, как Белый

Кролик пробормотал, сворачивая за угол: «Ах, мои ушки-на-макушке! Делается здорово поздно!» Она почти настигала его, но когда повернула за угол—Кролика уже нигде не было видно. Алиса очутилась в длинном низком зале, освещённом рядом свисающих с потолка ламп.

В зале было множество дверей, но все они были замкнуты, Алиса обошла его и перепробовала, не пропустив ни одной, все двери. Затем она печально вернулась на середину зала, размышляя, когда и каким образом она отсюда выйдет.

Внезапно ей попался на глаза маленький трёхногий столик, сделанный целиком из толстого стекла. На нём не было ничего, кроме крошечного золотого ключика. Первой мыслью Алисы было, что он подойдёт к одной из дверей зала. Но увы! Или замочные скважины были слишком велики, или ключ был слишком мал. Как бы там ни было, им нельзя было открыть ни одной двери. Но вдруг, обходя зал во второй раз, Алиса наткнулась на низенькую занавеску, которой она в первый раз не заметила и за которой была маленькая дверца—так вершков шести в высоту.[2] Она попробовала золотой ключик, и, к её величайшему восторгу, он подошёл!

Алиса отомкнула дверь и нашла, что она вела в небольшой проход, немногим шире крысиной норы. Став на колени и заглянув туда, она увидела садик—самый хорошенький из всех, которые ей когда-либо приходилось видеть. Как мучительно ей хотелось выбраться из тёмного зала и поброрщить между яркими цветочными клумбами и навевающими прохладу фонтанами! Но она не могла просунуть в дверь даже головы. «А если бы моя голова и прошла туда,» подумала бедная Алиса, «она была бы совершенно беспомощна, не имея плеч. Ах, как бы мне хотелось складываться на манер подзорной трубы! Мне кажется, я смогла бы, если бы только знала, как начать». (Потому что, видите ли, за последнее время случилось столько из ряду вон выходящих событий, что Алисе почти ничто не казалось теперь невозможным.)

Было бесполезно стоять дольше и ждать чего-то около маленькой дверцы. Алиса вернулась снова к столу, надеясь найти на нём другой ключ, или, по крайней мере, книжку с правилами для складывания себя на манер подзорной трубы. На этот раз она нашла на столике небольшую бутылочку («Которой, во всяком случае, не было здесь раньше!» сказала Алиса) с привязанной к горлышку бумажкой. На бумажке стояли красиво отпечатанные крупными буквами слова: «ВЫПЕЙ МЕНЯ».

Это очень просто сказать: выпей меня. Но мудрая маленькая Алиса вовсе не собиралась исполнить этот совет опрометчиво. «Нет, я сначала посмотрю,» сказала она, «не написано ли здесь: „яд“...» Потому что она прочла немало рассказов о детях, которые сгорели, или были съедены дикими зверями, или с которыми приключились другие неприятности—только потому, что они никак не хотели запомнить простых правил, даваемых людьми, желавшими им добра. Например, что раскалённые добела щипцы произведут ожог, если держать их очень долго, или, если порезать палец очень глубоко, из него наверное пойдёт кровь. И сама она никогда не забывала, что если отпить из бутыжи с пометкой «яд», это рано или поздно отразится на вашем пищеварении.

Как бы там ни было, на этой бутылочке не было написано «яд», так что Алиса решилась попробовать содержимое. Найдя его очень вкусным (оно имело в действительности смешанный вкус: вишнёвого пирога, сладкой сои, ананаса, молодой индейки, сливочной карамели и поджаренного хлеба), она вскоре покончила с ним.

*　　　*　　　*　　　*

*　　　*　　　*

*　　　*　　　*　　　*

«Какое странное ощущение!» сказала Алиса. «Я, должно быть, складываюсь, как подзорная труба!»

И так оно и было на самом деле! Она уже достигла к этому времени десяти вершков роста.[3] Лицо Алисы просияло от мысли, что эта скорость позволит ей проникнуть через маленькую дверцу в тот очаровательный сад. Сначала, впрочем, она подождала несколько минут, чтобы выяснить, не будет ли она уменьшаться далее—ей было немного не по себе при мысли об этом! «Потому что это может кончиться тем,» сказала себе Алиса, «что я изойду совсем, как свечка. Любопытно, на что я тогла буду похожа?» И она попробовала представить себе, на что бывает похоже пламя свечи после того, как свеча задута. Потому что, насколько она помнила, ей этого ни разу не приходилось видеть.

Немного спустя, видя, что больше ничего не случается, она решила сразу же проникнуть в сад—но ах, бедная Алиса! Когда она достигла двери, она убедилась, что забыла на столе золотой ключик, а когла она вернулась за ним к столу, она увидела, что никак не сможет его достать. Алиса совершенно ясно различала его сквозь стекло и сделала всё, что могла, чтобы взобраться наверх по одной из ножек, но ножка оказалась слишком скользкой. И вот несчастное дитя, выбившись из сил от этих попыток, село на землю и расплакалось.

«Довольно, слёзы ничему не помогуг!» оборвала сама себя Алиса, пожалуй, даже слишком резко. «Советую тебе оставить это сию же минуту!» Алиса очень часто давала себе хорошие советы, хотя очень редко им следовала. Иногда она бранила себя так горячо, что у ней на глазах от жалости к себе навёртывались слёзы. А однажды она попробовала нарвать себе уши за то, что сплутовала во время партии в крокет, которую играла сама против себя же—потому что этому удивительному ребёнку страшно нравилось представлять из себя двух лиц! «Но нет никакого смысла теперь,» подумала бедная Алиса, «пытаться представить из себя двух лиц. Чего там! От меня осталось столько, что даже одно приличное лицо едва ли получится!»

Вскоре её взгляд упал на маленький стеклянный ящичек, лежавший под столом. Она раскрыла его и нашла там крохотный пряник, на котором было написано очаровательной прописью: «СЪЕШЬ МЕНЯ». «Что ж, я съем,» сказала Алиса, «и если я от этого вырасту, я достану ключ, а если я еще уменьшусь, я проползу под дверью. Так что и в том и в другом случае я попаду в сад—и мне всё равно, что бы ни случилось!»

Она откусила маленький кусочек, не без волнения думая: «Расту или уменьшаюсь? Расту или уменьшаюсь?» При этом она держала руку у себя на темени, чтобы определить, в какую сторону изменится её рост, и была страшно удивлена, найдя, что остаётся без изменения. Собственно говоря, последнее вообще случается с людьми, которые едят пряники. Но с Алисой произошло уже столько выходящих из ряда вон вещей, что ей казалось чрезвычайно скучным и даже глупым, когда всё шло обычным порядком.

Так что она принялась за пряник как следует и скоро покончила с ним.

Глава II

Пруд из Слёз

«Всё приключательнее и приключательнее!» вскричала Алиса. Она была так удивлена, что на мгновение даже забыла, как надо выражаться правильно. «Теперь я раздвигаюсь, как самая большая в мире подзорная труба! До свидания, ноги! (Потому что когда она взглянула вниз на ноги, их почти не было видно—так далеко они отстояли!) Ах, мой бедные ножки, хотела бы я знать, кто будет надевать теперь на вас чулки и ботинки? Я, конечно, уже не смогу. Я буду слишком далеко, чтобы заботиться о вас—вы должны устраиваться как-нибудь сами. Но я должна быть ласковой с ними,» сообразила Алиса, «иначе они не захотят идти туда, куда мне будет нужно. Вот что: я буду дарить им по паре башмаков каждое Рождество!»

И она стала строить планы, как это будет. «Их придётся посылать с посыльным,» подумала она. «Ах, как это будет смешно дарить собственным ногам подарки! И как смешно будет выглядеть адрес:—

„Её Высокоблагородию
Алисиной Правой Ноге.[4]
Половичок, близ камина
(с приветом от Алисы)."

Батюшки, какой вздор я горожу!»

Как раз в эту минуту её голова ударилась о потолок зала. Теперь её рост был больше сажени,[5] так что она сразу же схватила золотой ключик и поспешила к двери в сад.

Бедная Алиса! Всё, что ей оставалось делать, это лечь на бок и одним глазком смотреть через раскрытую дверцу в сад. Попасть туда было теперь безнадёжнее, чем когда-либо. Она села и снова ударилась в слёзы.

«Тебе должно быть стыдно!» сказала вдруг сама себе Алиса. «Такая большая девочка, как ты (она могла с полным правом говорить это!), и так разнюнилась! Перестань сейчас же, слышишь?» Но тем не менее она продолжала плакать, проливая вёдра слёз, пока кругом не образовался огромный пруд, вершков восьми глубины,[6] заливший добрую половину зала.

Немного спустя она услышала отдалённый топот ног и поспешно вытерла глаза, чтобы увидеть, кто это приближается. То был возвращавшийся Белый Кролик, великолепно одетый, с парой лайковых перчаток в одной руке и громадным веером в другой. Он бежал рысцой, страшно торопясь, и бормоча себе под нос на ходу: «Ах, герцогиня, герцогиня! Она озвереет, если я задержу её!» Алиса дошла до такой степенн отчаяния, что была готова просить помощи у кого угодно. Поэтому как только Кролик приблизился, она начала негромким, боязливым голосом: «Пожалуйста, господин Кро...» Кролик дико вздрогнул, выпустил из рук перчатки и веер и стал со всех ног улепётывать обратно.

Алиса подняла веер и перчатки и, так как в зале было страшно душно, стала обмахиваться, в то же время говоря: «Как всё сегодня необыкновенно! А вчера ещё всё шло обычным чередом. Интересно, не переменилась ли я за ночь? Посмотрим: была ли я тою же, когда встала сегодня утром? Мне как будто кажется, что я с самого начала чувствовала себя немного иначе. Но если я не я, тогда вопрос: кто же я такая? Ах, это нелёгкая загадка!» И Алиса стала перечислять в уме всех знакомых детей одного с нею возраста, чтобы определить—не стала ли она кем нибудь из них.

«Я уверена, что я не Мурочка,»[7] сказала она, «потому что у ней такие длинные локоны, а мои волосы ни капелечки не вьются. И, наверное, я не Таточка, потому что я знаю всяческие вещи, а она—о!—она почти ничего не знает! Кроме того, она—она, а я—я, и—ах, как всё это страшно загадочно! Интересно, знаю ли я ещё всё то, что раньше знала. Посмотрим: четырежды пять—двенадцать, а четырежды шесть—тринадцать, а четырежды семь… нет, так я никогда не доберусь до двадцати! А впрочем, таблица умножения ровно ничего не значит. Попробуем географию. Лондон столица Парижа, а Париж столица Рима, а Рим… нет, это, наверное, всё неправильно! Должно быть, я превратилась в Таточку. Попробую прочитать *„Птичку божию“*…»[8] И, скрестив на переднике руки, как будто бы она отвечала урок, Алиса стала декламировать. Но её голос звучал хрипло и необычно, а слова выходили совсем не такие, как всегда:—

> *«„Птичка божия не знает*
> *Никаких весёлых игр,*
> *Ей навстречу выбегает*
> *Из своей берлоги тигр.*

Учит птичку в жмурки, в прятки,
В каравай и в хоровод,
И кусочек шоколадки
Напоследок ей даёт.“

«Я уверена, что это совсем, совсем неправильные слова,» сказала бедная Алиса, и её глаза снова наполнились слезами. «Я, очевидно, всё-таки превратилась в Таточку и мне придётся переехать в её противную квартиру, и не иметь почти никаких игрушек, и учить такое множество скучных уроков! Нет, я решила: если я—Таточка, то я останусь здесь. Пусть они сколько угодно заглядывают вниз и говорят: „Выходи назад, душечка!“ Я только выгляну и спрошу „В таком случае, кто я? Скажите мне сначала, и тогда, если мне понравится быть этой девочкой, я выйду; а если нет, я останусь здесь до тех пор, пока не превращусь в кого нибудь другого…“ Но—ах, батюшки!» вскричала Алиса с новым потоком слёз. «Я уж хотела бы, чтобы они действительно заглянули вниз! Я так страшно устала быть здесь всё одна и одна!»

Говоря так, Алиса случайно взглянула на свои руки и огорчилась, увидев, что за жалобами она незаметно надела одну из крохотных белых лайковых перчаток, оброненных Кроликом. «Как это могло случиться?» подумала она. «Должно быть, я снова уменьшаюсь в росте». Алиса встала, подошла к столу, чтобы судить о своей высоте по сравнению с ним, и увидела, что она сейчас приблизительно с аршин ростом,[9] но продолжает очень быстро уменьшаться. Вскоре она убедилась, что причиной этого был веер, который она всё еще держала в руках, и поспешно выпустила его из рук—как раз вовремя, чтобы не исчезнуть вовсе!

«Я буквально висела на волоске!» воскликнула Алиса, немало перепуганная неожиданной переменой в росте, но довольная тем, что избежала полного исчезновения. «А теперь в сад!» И она бросилась со всех ног к маленькой дверце, но—увы!—дверца была опять заперта на ключ, а ключ снова лежал на стеклянном столике. «И моё положение хуже, чем раньше!» подумало бедное дитя. «Потому что я никогда ещё не была такой крохотной, никогда! И я заявляю, что это очень плохо—я это заявляю…»

При этих словах её нога поскользнулась, и в следующую секунду—бух!—она ушла по самый подбородок в солёную воду. Её первою мыслью было, что она каким-то образом упала в море. «В таком случае я смогу попасть домой по железной дороге!» сказала она себе. Дело в том, что одно лето Алиса провела с родителями на морском курорте. С той поры у неё осталось впечатление, что везде, где есть море, можно найти ряд купальных будок, кучки детей, роющихся в песке деревянными лопаточками, длинную улицу гостиниц и за всем этим—железнодорожную станцию. Однако Алиса вскоре же убедилась, что попала не в море, а в пруд из слёз, которые сама же наплакала, когда была в сажень с лишком ростом.

«Ах, если бы и не плакала так много!» сказала Алиса, плавая взад и вперед. «Я буду теперь наказана за это тем, что утону в собственных слезах. Вот будет странная штука! Впрочем, сегодня всё странно…»

В этот момент она услышала, что кто то плещется неподалёку и подплыла ближе, чтобы выяснить, кто это такой. Первой её мыслью было, что это морж или гиппопотам. Но, вспомнив, как мала она сама, она сообразила, что это только Мышь, попавшая в пруд так же случайно.

«Есть ли какой нибудь смысл,» подумала Алиса, «заговорить с этой мышью? Здесь внизу всё так необыкновенно, что я думаю, скорей всего она умеет говорить. Во всяком случае, попытка не пытка.» И она начала: «О, Мышь! Не знаешь ли ты, как выбраться из этого пруда? Я очень устала от плавания, о, Мышь!» (Алиса полагала, что это и есть правильный способ обращения к мышам. Правда, она его ещё ни разу не пробовала, но она прекрасно помнила, что видела в латинской грамматике старшего брата: именительный—мышь, родительный—мыши, дательный—мыши, винительный—мышь, творительный—мышью, звательный—о, мышь!) Мышь поглядела на Алису несколько испытующе и, казалось, подмигнула одним из своих маленьких глаз, но ничего не сказала.

«Может быть, она не понимает по-русски?» подумала Алиса. «Может быть, это французская мышь, пришедшая вместе с Наполеоном?»[10] (Потому что при всём своём знании истории Алиса не имела представления о том, когда какое событие случилось.) И она начала снова: «Où est ma chatte?»—фразу, стоявшую первой в её французском учебнике. Мышь сделала судорожный прыжок из воды и задрожала с головы до пят от ужаса. «Ах, извините, пожалуйста!» воскликнула поспешно Алиса, боясь, что она затронула больное место бедного зверька. «Я совсем забыла, что вы не любите кошек!»

«Не люблю кошек!» вскричала Мышь резким взволнованным голосом «А ты любила бы кошек, если бы была мной?»

«Как вам сказать? Пожалуй, нет,» ответила успокоительно Алиса, «не сердитесь на меня, пожалуйста! А всё-таки мне хотелось бы показать вам нашу кошку Дину. Мне кажется, вы примирились бы с кошками, если б только увидели её. Она такое милое спокойное создание,» продолжала Алиса, лениво плавая по пруду, «и она так мило сидит, мурлыча, около камина, облизывая лапки и умываясь, и её так приятно гладить, и она такой молодец в ловле мышей, и… ах, пожалуйста, простите!» снова вскричала Алиса, потому что на этот раз Мышь вся забилась от ужаса, и Алиса была уверена, что глубоко её оскорбила. «Мы больше не будем говорить о ней, если вам не хочется!»

«„Мы“, скажите, пожалуйста!» воскликнула Мышь, дрожа от головы до кончика хвоста. «Как будто я стану разговаривать на эту тему! Наша семья всегда ненавидела кошек: гадкие, низкие, противные создания! Я не могу даже слышать их имени!»

«Я больше не буду!» сказала Алиса, торопясь переменить тему разговора. «А вы… а вы… а собаки вам нравятся?» Мышь ничего не ответила на это, и Алиса быстро заговорила: «Около нашего дома вертится всегда такой хорошенький пёсик—как бы я хотела вам показать его! Маленький светлоглазый терьерчик, понимаете… Он всегда приносит то, что вы бросите, и он служит, когда хочет есть, и всякие другие штуки—я не вспомню и половины их. Он принадлежит одному человеку, понимаете, и человек этот говорит, что он так полезен, что он его ни за какие деньги не продаст! Человек этот говорит, что он душит крыс и… Ах, батюшки!» вскричала горестно Алиса. «Боюсь, что я снова её обидела!» Потому что Мышь уплывала от неё изо всей силы, производя даже волнение в пруду.

Алиса нежно позвала её: «Мышка, милая! Вернитесь ко мне, и мы больше не будем говорить ни о кошках, ни о собаках, раз вы их не любите.» Когда Мышь услышала это, она повернула и медленно поплыла обратно. Её мордочка была бледной (от гнева, решила Алиса), и она сказала низким дрожащим голосом: «Доберёмся до берега, и я расскажу тебе свою историю—тогда ты поймёшь, почему я ненавижу собак и кошек!»

Искать берега давно было пора, потому что к этому времени пруд наполннася птицами и животными, нападавшими сверху: тут были и Утка, и Попугай, и Пеликан, и Орлёнок,[11] и много других курьёзных созданий. Алиса предводительствовала, и вся компания поплыла за ней к берегу.

Глава III

Марафонский Бег
и История с Концом

Все собравшися на берегу действительно представляли из себя курьёзную компанию—птицы с намокшими перьями, животные с прилипшей шерстью, те и другие—мокрые, раздражённые, дрожащие от холода.

Первым вопросом, разумеется, было: как быстрее всего обсушиться. Они держали по этому поводу совет, и несколько минут спустя Алиса разговаривала с ними так запросто, как будто знала их всю свою жизнь. В самом деле, у ней разгорелся столь жаркий спор с Пеликаном, что он в конце концов насупился и стал повторять только: «Я старше, чем ты, и должен знать лучше»—а с этим Алиса никак не хотела согласиться, не выяснив предварительно, сколько ему лет. Впрочем, так как Пеликан решительно отказался сообщить свой возраст, этим вопрос и кончился.

Наконец Мышь, казавшаяся среди собравшихся особой с весом, заявила: «Сядьте и слушайте. Я скоро высушу вас всех.» Все тут же расселись широким кольцом, причём Мышь поместилась в центре. Алиса не спускала с нее глаз, так как была уверена, что простудится, если не высохнет немедленно.

«Гм!» произнесла Мышь с чрезвычайно важным видом. «Все готовы? Вот самая сухая из всех известных мне вещей. Тише вы там, пожалуйста! „Киевский великокняжеский стол был жертвою постоянных междоусобиц, возникавших вследствие того, что родовые понятия князей не соответствовали правильному государственному порядку. Не умея выработать правильного наследования власти и помирить притязания разных ветвей многолюдного княжеского рода ... “ »[1][2]

«Уф!» произнёс, содрогаясь, Пеликан.

«Прошу прощения!» сказала Мышь, нахмурившись, но чрезвычайно вежливо. «Вы изволили что-то сказать?»

«Только не я!» поспешно возразил Пеликан.

«Мне казалось, это были вы,» сказала Мышь. «Я продолжаю. „Не умея выработать правильного наследования власти и помирить притязания разных ветвей многолюдного княжеского рода, князья для решения своих споров очень легко обращались к оружию и начинали междоусобия. Но Владимир Мономах, который нашёл это гибельным…“»

«Нашёл *что?*» спросила Утка.

«Нашел *это,*» ответила Мышь довольно резко. «Вы, конечно, знаете, что значит „это“?»

«Я знаю, что значит „это“, когда я нахожу что-либо,» сказала Утка, «„это“ обыкновенно лягушка или червяк. Вопрос в том, что нашёл Владимир Мономах.»

Мышь сделала вид, что не расслышала вопроса, и поспешно продолжала: «„…который нашёл это гибельным, решил принять все зависящие от него, как главы рода, меры, чтобы прекратить явление, одновременно разрушительное для страны и постыдное для членов княжеского рода…“ Ну как ты себя чувствуешь, милочка?» сказала она, обращаясь к Алисе.

«Такой же мокрой, как и раньше,» меланхолически сказала Алиса, «эта вещь, по видимому, очень плохо сушит!»

«В таком случае,» сказал тор вношу предложение, чтобы общее собрание голосовало принятне более актуальных мер…»

«Говорите по-русски!» сказал Орлёнок. «Я не знаю значения и половины этих длинных слов и убеждён, что вы их тоже не знаете.» И Орлёнок нагнулся, чтобы спрятать улыбку. Кое-кто из птиц довольно громко захихикал.

«Я хотел лишь сказать,» сказал Попка оскорблённым тоном, «что быстрейший способ всех нас высушить, это— устроить марафонский бег.»

«Что это такое: марафонский бег?» спросила Алиса—не потому что ей очень уж хотелось это знать, а просто Попка остановился, как будто ждал, что кто-нибудь обязательно заговорит, а никто такого желания не высказывал.

«Ну,» сказал Попка, «лучший способ объяснить, что такое марафонский бег, это—устроить его.» (И так как, может быть, вы сами захотите как-нибудь попробовать эту штуку, я расскажу вам, как её устроил Попка.)

Начал он с того, что отметил беговую дорожку в форме чего-то вроде круга («Точная форма не играет роли!» сказал он), и все гонщики расположились на ней, кто где захотел. Не было никакой команды: «Раз, два, три, бегом марш!»—а просто: каждый начинал бежать, когда считал нужным, и прекращал, когда хотел, так что трудно было сказать, когда бег закончился. Однако после получасовой беготни, когда все достаточно пообсохли, Попка внезапно заявил: «Бег окончен!»—и все участники столпились вокруг него, тяжело отдуваясь и спрашивая: «А кто победил?»

На этот вопрос Попка не мог ответить сразу и очень долго стоял с пальцем, прижатым ко лбу (поза, в которой обычно изображают на картинках мудрецов),[14] а остальные в молчании ждали его решения. Наконец Попка сказал: «Победили все, и каждый должен иметь приз.»

«Но кто должен раздать призы?» спросил целый хор голосов.

«Гм... *Она*, конечно!» сказал Попка и указал одним пальцем на Алису. И вот вся толпа окружила её, крича хором: «Призы! Призы!»

Алиса, не зная, как ей выйти из этого положения, в отчаянии сунула руку в карман и вытащила оттуда коробочку с леденцами, про которую она совсем забыла (к счастью, солёная вода не попала в неё). Их Алиса и раздала в качестве призов. Оказалось как раз по одной штуке на каждого.

«Но, знаете, она сама тоже должна получить приз,» сказала Мышь.

«Конечно!» ответил Попка с очень серьёзным видом. «Что ещё есть у тебя в кармане?» спросил он, обращаясь к Алисе.

«Только напёрсток,» печально сказала она.

«Подай его сюда,» сказал Попка.

Затем все они ещё раз окружили её, и Попка торжественно вручил ей напёрсток со словами: «Мы просим вас принять этот изящный напёрсток.» А когда он окончил это короткое приветствие, все дружно прокричали«ура».

Алисе эта церемония показалась чрезвычайно нелепой, но окружающие были так серьёзны, что она не осмелилась расхохотаться. И так как никакой подобающий ответ не пришёл ей в голову, она просто поклонилась и взяла напёрсток, стараясь казаться возможно более торжественной.

Следующим делом было съесть леденцы. Это произвело немалый шум и замешательство, так как большие птицы жаловались, что они своих «даже не попробовали», а маленькие поголовно подавились, и их пришлось шлёпать по затылкам. Но в конце концов леденцы были съедены, и все снова уселись в кружок и стали просить Мышь рассказать им ещё что-нибудь.

«Вы обещали рассказать мне вашу историю, помните?» сказала Алиса. «Почему вы ненавидите К и С,» добавила она шёпотом, наполовину боясь, что та снова обидится

«Мне дан судьбою обычный, но печальный конец,» сказала Мышь, поворачиваясь к Алисе и вздыхая.

«Ваш конец несомненно обычный,» сказала Алиса, внимательно оглядев Мышь и проследив её длинный хвост до самого конца, «но почему вы называете его печальным?» И она продолжала смотреть на её хвост всё время, пока Мышь говорила, так что представление Алисы о рассказанном было приблизительно такое:

«Хищник сказы-
вал мышке, её
встретив в до-
мишке: „Эй,
пойдем-ка,
тебя я при-
влекаю
к суду!—
Откло-
няю про-
тест я,
налагаю
арест я,
потому
что с утра
я себе
дел не
найду."
Мышка
молвит
пройдохе:
„Ваши
доводы
плохи,
без
судьи
и при-
сяжных зря
устроим
возню!"
Хищ-
ник
рявк-
нул:
„Не-
важ-
но! Я
и суд,
и при-
сяж-
ные!
Раз-
беру
твоё
дело,
осу-
жу и
каз-
ню!"[15]

«Ты не слушаешь!» сурово сказала Алисе Мышь. «О чём ты думаешь?»

«Извините, пожалуйста!» сказала Алиса покорно. «Вы, кажется, дошли до пятого изгиба?»

«Ничего подобного!» сердито вскричала Мышь. «Ещё не было даже самого главного.»

«В таком случае какой же из них самый главный?» с любопытством спросила Алиса, усиленно вглядываясь в хвост.

«Ты совершенно невозможна,» сказала Мышь, вставая, и в негодовании пошла прочь. «Ты оскорбляешь меня, меля подобный вздор.»

«Я… я не имела в виду вас оскорбить!» умоляюще произнесла Алиса. «Но вы так легко обижаетесь, знаете ли!»

Мышь только проворчала что-то в ответ.

«Пожалуйста, вернитесь и закончите ваш рассказ,» снова позвала Алиса. И все остальные подхватили хором: «Да, пожалуйста, закончите!» Но Мышь только нетерпеливо закачала головой и пошла ещё скорее.

«Как жалко, что она не захотела остаться!» вздохнул Пеликан, как только Мышь скрылась из виду. А старый Крабб[16] воспользовался случаем, чтобы сказать своему сыну: «Вот, милый! пусть это послужит тебе уроком! Никогда, никогда не выходи из себя.»

«Помолчи, папа!» довольно грубо возразил молодой Крабб. «Ты можешь вывести из себя даже устрицу.»

«Я хотела бы, чтобы наша Дина была здесь, вот чего я хотела бы!» сказала Алиса вслух, ни к кому в отдельности не обращаясь. «Она быстро привела бы её обратно!»

«А кто это—Дина, если мне будет позволено задать вопрос?» сказал Пеликан.

Алиса ответила сразу же, потому что она всегда была готова говорить о своей любимице. «Дина—наша кошка. Ах если б вы знали, до какой степени она ловка на ловлю мышей! А посмотрели бы вы на неё, когда она пустится за птицами—да что! она съедает маленькую птичку в тот самый момент, как её увидит!»

Это сообщение произвело на собравшихся замечательное действие. Некоторые из птиц поспешили удариться в бегство тут же. Старая Сорока начала очень тщательно кутаться, говоря «Право же, мне пора домой. Для моего горла очень вреден ночной воздух.» А канарейка стала робким голосом сзывать своих крошек: «Улетим отсюда, милые! Вам давно уже пора быть в постельках!» Под тем или иным предлогом все до одного удалились, и Алиса вскоре снова осталась одна.

«Лучше бы уж я не упоминала про Дину!» подумала она печально. «Никто, кажется, её здесь не любит, а я уверена, что это лучшая кошка в мире. Ах, бедная моя Диночка! хотела бы я знать, увижу ли я тебя когда-нибудь ещё?» И тут Алиса снова расплакалась, потому что почувствовала себя одинокой и упала духом. Вскоре, однако, она опять заслышала отдалённый топоток ног и стала вглядываться в ту сторону, наполовину надеясь, что это Мышь переменила гнев на милость и возвращается, чтобы окончить свой рассказ.

Глава IV

Белый Кролик и Его Дом

Это был Белый Кролик, трусивший медленно назад, оглядываясь вокруг себя, как будто он потерял что-то. Алиса слышала, как он бормотал себе под нос: «Герцогиня! Герцогиня! Ах, мои бедные лапки! Ах, мои ушки-на-макушке! Она велит меня казнить—это так же верно, как то, что капуста есть капуста! Где я мог их обронить, хотел бы я знать?» Алиса сразу же догадалась, что он ищет свои веер и перчатки, и тоже стала искать—но их нигде не было видно. Со времени её плавания в пруду всё как будто переменилось—больше было ни огромного зала, ни столика, ни маленькой дверцы.

Вскоре Белый Кролик заметил мечущуюся в поисках Алису и сердито окликнул её: «Эй, Марфуша,[17] что ты тут делаешь? Беги домой сию минуту и принеси мне пару перчаток и веер! Да мигом!» Алиса так перепугалась, что бросилась бежать в указанном им направлении, даже не пытаясь объяснить Белому Кролику его ошибку.

«Он принял меня за свою горничную,» рассуждала она на бегу. «Как он удивится, когда узнает, кто я такая в действительности! Но пока что я лучше снесу ему перчатки и веер—конечно, если их найду!» Говоря так, она дошла до чистенького маленького домика, на двери которого была блестящая медная дощечка с выгравированными на ней словами: «Б. КРОЛИК». Она вошла, не постучав, и бросилась по лестнице наверх, страшно боясь, что встретит настоящую Марфушу и будет изгнана с позором прежде, чем отыщет перчатки и веер.

«Как это странно,» сказала себе Алиса, «быть на посылках у Кролика! После этого, надо полагать, и Дина начнёт гонять меня куда захочет!» И она стала воображать, как это случится: «„Алисочка, подите сию минуту сюда: мы отправляемся гулять!“–„Обождите, няня. Я должна сторожить эту нору, пока Дина вернётся, а то мышь уйдёт из неё.“ Только я не думаю,» перебила себя Алиса, «что Дину будут терпеть у нас в доме, если она начнёт так командовать людьми.»

Тем временем она добралась до опрятной комнатки, где на столике (как она и надеялась) лежали веер и две или три пары крошечных белых лайковых перчаток. Она взяла веер и пару перчаток и была уже готова выбежать из комнаты, как её взгляд упал на маленькую бутылочку, стоявшую около зеркала. На этот раз на бутылочке не было надписи «ВЫПЕЙ МЕНЯ», тем не менее Алиса раскупорила и поднесла её к губам. «Я знаю, что каждый раз, когда я ем или пью что-либо,» подумала она, «случается что-нибудь интересное—так я посмотрю, что мне даст эта бутылочка. Быть может, она заставит меня снова вырасти—потому что я уже устала быть такой крохотной.»

Бутылочка оправдала надежды Алисы—причём гораздо быстрее, чем та ожидала. Её содержимое было выпито только наполовину—а голова Алисы уже упёрлась в потолок, и ей пришлось нагнуться, чтобы не сломать себе шеи. Она быстро поставила бутылку, говоря: «Этого вполне достаточно. Надеюсь, я больше не буду расти: уже теперь я не могу пройти в дверь—как жаль, что я хватила так много сразу!»

Увы, жалеть было уже поздно. Она всё продолжала и продолжала расти и скоро должна была стать на колени. Ещё через минуту этого оказалось недостаточно, и Алиса попробовала лечь, локтем одной руки упёршись в дверь, а другую подложив под голову. Но она всё продолжала расти, и в качестве последнего средства должна была высунуть одну руку из окна, а одну ногу засунуть в трубу камина. При этом она сказала себе: «Что бы ни случилось, больше я ничего не могу сделать. Что теперь со мною будет?»

К счастью для Алисы, магический напиток произвёл всё свое действие, и Алиса перестала расти. Всё же она чувствовала себя очень неудобно. А так как не было никакой надежды выбраться отсюда на волю, то Алиса чувствовала себя и очень несчастной.

«Дома было гораздо приятнее!» размышляла бедная Алиса. «Там я не делалась всё время то большой, то маленькой, и меня не гоняли по пустякам ни мыши, ни кролики. Я почти жалею, что спустилась в эту кроличью нору и всё же ... и всё же, знаете, оно довольно любопытно—здешнее житьё-бытьё! Хотела бы я толком знать, что именно случилось со мной? Когда я читала волшебные сказки, я думала, что эти вещи никогда не случаются—и вот, не угодно ли: я собственной персоной очутилась в волшебной стране! Обо мне следовало бы написать книгу, право, следовало бы. И когда я вырасту большая, я напишу её… Но я уже выросла большая,» грустно перебила она себя, «по крайней мере здесь мне уже некуда больше расти!»

«Но в таком случае,» продолжала Алиса, «неужели я никогда не стану старше, чем сейчас? С одной стороны, это хорошо: никогда не быть старухой, но с другой—всегда учить уроки… Нет, это мне положительно не нравится!»

«Ах ты глупая девочка!» возразила она сама себе. «Какие могут быть здесь уроки? Да здесь даже для тебя нет места—не говоря уже про книги и тетради!»

Она продолжала бы разаговаривать сама с собой и дальше, но чей-то голос, раздавшийся снаружи, прервал её.

«Марфуша! Марфуша!» кричал голос, «сию же минуту подай мне перчатки!» Затем послышался лёгкий топоток ног по лестнице. Алиса сообразила, что это Кролик и что он ищет её, и задрожала так сильно, что дом весь затрясся,—совсем упустив из виду, что она теперь почти в тысячу раз больше Кролика и смело может его не бояться.

Как раз в эту минуту Кролик достиг двери и попробовал открыть её. Но так как дверь открывалась внутрь, а изнутри в неё упирался локоть Алисы, его попытка не увенчалась успехом. Алиса расслышала, как он пробормотал: «В таком случае я обойду кругом и проникну через окошко!»

«Этого ты не сделаешь!» подумала Алиса и, обождав, пока Кролик, по её мнению, уже достиг окна, высунула руку и сделала в воздухе такое движение, как будто хотела что-то схватить. Она ничего не ощутила на своих пальцах. Но зато услыхала крик, звук падения и звон разбитого стекла—из чего заключила, что Кролик свалился, очевидно, в находившуюся под окном парниковую раму.

Затем послышался сердитый голос, принадлежавший Кролику: «Иван! Иван![18] Где ты там?» А в ответ—голос, которого она ещё ни разу не слышала раньше, в этом она была уверена: «Я, с вашего позволении, здесь. Рою яблоки, ваша милость.»

«„Рою яблоки“, скажите, пожалуйста!» сказал сердито Кролик. «Поди сюда! Помоги мне выбраться отсюда. (Ещё звук разбитого стекла.)

«Теперь скажи мне, Иван, что это там в окне?»

«С вашего позволения, это—рука, ваша милость.»

«Рука, гусь ты лапчатый! Разве руки бывают такой величины? Да она заполняет собой всё окно!»

«Так точно, заполняет, ваша милость. И всё-таки это рука.»

«Ну, как бы там ни было, ей здесь нечего делать. Поди и удали её оттуда…»

Затем наступило долгое молчание. Лишь изредка еле слышное перешёптывание долетало до Алисы, вроде: «С вашего позволения, не нравится мне это дело, ваша милость, ох как не нравится!» и «Делай, что тебе велят, трусишка!» Тут Алиса снова высунула руку и снова повторила в воздухе то же движение. На этот раз было два коротких вскрика и ещё больше звона разбиваемого стекла. «Сколько там парниковых рам!» подумала Алиса. «Интересно, что они теперь предпримут? Что касается того, чтобы вытащить меня через окно—я очень хотела бы, чтобы это оказалось им под силу. Мне-то уж, наверное, не хочется оставаться здесь дольше.»

Она подождала некоторое время, но ничего не было слышно. Наконец раздался звук колёс подъезжающей тележки и шум многих голосов, говоривших наперебой. Она разобрала отдельные фразы: «Где другая лестница?—Почём я знаю! Мне дали только одну. Другая у Яши—Яков! Давай её сюда, парень!—Сюда, приставьте их к этому углу—Нет, сначала свяжите их—они едва доходят до половины—Чего там! Обойдётся и так. Не надо быть слишком разборчивым—Сюда, Яша! Лови конец верёвки!—Крыша-то выдержит ли? Там одна черепица слабая—Э… Вот она—летит вниз! Пригибайте головы!»

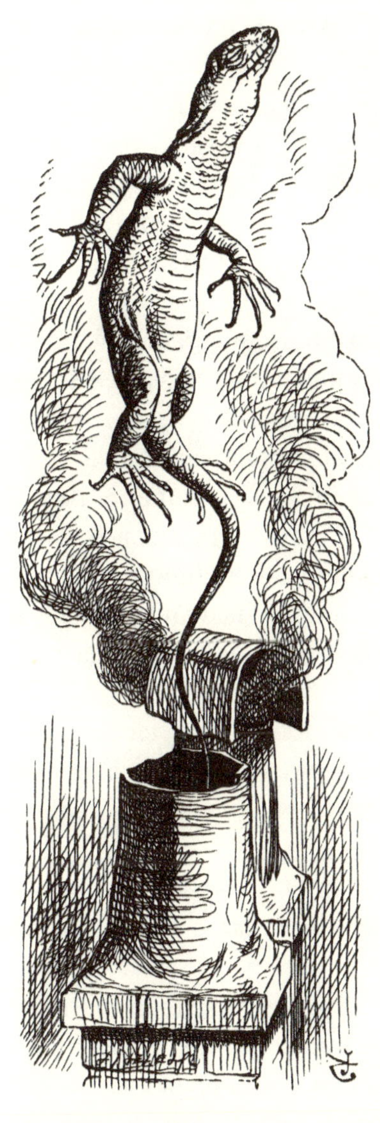

(Громкий треск.)—«Кто это сделал?—Должно быть, Яшка!—Ну, а кто спустится в трубу?—Только не я. Ты спустись—Я? Ну уж нет, я не полезу! Пусть Яков лезет—Эй, Яша! Хозяин говорит, чтобы ты лез в трубу.»

«Ах, вот как! Так это Яков должен лезть в трубу?» сказала себе Алиса. «Они, кажется, взваливают на этого Якова всё решительно. Не хотела бы я быть на его месте! Камин немного узковат, это правда; но, думается, я сумею дать маленький пинок!»

Алиса оттянула назад ногу и подождала до тех пор, пока не услышала, как маленькое животное (она никак не могла догадаться, какой оно было породы) царапается и лезет по трубе вниз. Тогда со словами «Это Яков!» она дала короткий, быстрый пинок и стала ждать, что случится дальше.

Прежде всего она услыхала общий хор: «Вон летит Яша!» Потом голос одного Кролика: «Ловите его—вы, что у изгороди!» Потом молчание, и потом снова общий шум: «Держи ему голову!—Воды[19] сюда!—Не задушите его!—

Ну, как это было, старина? Что с тобой случилось? Расскажи нам подробно!»

Наконец раздался слабенький пискливый голосок («Это и есть Яков!» подумала Алиса): «Я сам едва могу разобрать… Спасибо, больше не надо, мне теперь лучше. Но я так потрясён, что не нахожу слов. Вот всё, что я знаю: выскочило на меня что-то вроде Петрушки из ящика,[20] и— вверх я полетел, как ракета!»

«Так оно и было, старина!» подхватили остальные.

«Мы должны сжечь дом до основания!» раздался голос Кролика. Но тут Алиса завопила так громко, как только могла: «Если вы осмелитесь, я выпущу на вас Дину!»

Немедленно воцарилось полнейшее молчание, и Алиса подумала: «Интересно, что они будут делать дальше? Если у них есть хоть капля соображения, они снимут крышу». Минуту-две спустя движение снова возобновилось, и Алиса расслышала, как Кролик сказал: «Для начала хватит пригоршни.»

«Пригоршни—чего?» подумала Алиса. Но ей не пришлось долго оставаться в неизвестности. В следующее же мгновение дождь маленьких камешков задребезжал по окну, и некоторые ударили её прямо в лицо. «Я быстро прекращу это!» подумала Алиса и закричала: «Вы лучше перестаньте бросаться!»—результатом чего было снова полное молчание внизу.

Алиса не без удивления заметила, что камешки, достигая пола, обращаются в крохотные пирожки. Её осенила блестящая идея. «Если я съем один из этих пирожков,» подумала она, «это, конечно, произведёт какое-нибудь изменение в моем росте. А так как я при всём желании не могу увеличиться, то скорее всего я уменьшусь».

С этими словами она проглотила один пирожок и заметила, к своему восхищению, что сразу же стала уменьшаться. Как только её рост позволил ей пройти в дверь, она выбежала из дома и нашла целую толпу маленьких зверьков и птичек, её поджидавших. Яша—оказавшийся крохотной ящерицей—находился в центре. Его поддерживали две морских свинки, которые время от времени давали ему отпить из бутылки с водой. Вся эта толпа бросилась наперерез выскочившей Алисе, но та бежала так скоро, как только могла, и вскоре очутилась в густом лесу.

«Первое, что мне надо сделать,» сказала себе Алиса, блуждая по лесу, «это вырасти до моего обычного роста. А второе—найти дорогу в тот очаровательный сад. Я думаю, это самый лучший план.»

План казался действительно превосходным и к тому же был умно и ловко составлен. Единственное затруднение состояло в том, что Алиса не имела ни малейшего представления, как за него взяться. Она всё еще рыскала между деревьями, как внезапный резкий лай над самой её головой заставил её быстро взглянуть вверх.

На неё смотрел огромными круглыми глазами гигантский щенок и тихонько выдвигал лапу, пытаясь до нее дотронуться. «Бедная крошка!» ласково сказала Алиса и даже попробовала посвистать ему. Но в глубине души она страшно боялась, что щенок может оказаться голодным и съест её, невзирая на всю её ласковость.

Не отдавая себе отчёта в том, что делала, Алиса взяла крохотную палочку и протянула её щенку. Щенок прискочил вверх всеми своими четырьмя лапами, взвизгнул от восхищения, бросился на палку и сделал вид, будто хочет её схватить. Алиса спряталась за большой чертополох, чтобы резвый щенок не подмял её под себя. Но едва она выглянула с другой стороны, он произвёл новый наскок на палку и даже в неуклюжей поспешности перевернулся через голову. Алисе пришло в голову, что игра с подобным щенком больше походит на игру с ломовой лошадью. Каждую минуту опасаясь, что он раздавит её, она снова обежала чертополох. Тогда щенок начал целый ряд быстрых насоков на палку—каждый раз подбегая немного вперёд и отбегая очень далеко назад. При этом он лаял так хрипло и громко, что, наконец, выбился из сил и уселся на довольно далёком от Алисы расстоянии, тяжело дыша, с высунутым языком и наполовниу закрытыми глазами.

Алиса решила, что сейчас самый хороший момент для бегства. Она бросилась улепётывать, не теряя ни минуты и остановилась только тогда, когда совершенно устала и когда хриплый лай щенка стал едва-едва слышен.

«А всё-таки что это был за милый щеночек!» сказала Алиса, прислонясь к цветку, чтобы отдохнуть, и обмахиваясь одним из его листьев. «Мне очень бы хотелось обучить его разным штукам, если бы я была подходящего для этого роста. Ах, батюшки! Почти забыла, что мне надо снова вырасти! Интересно, как же мне это сделать? Надо полагать, я должна что нибудь съесть или выпить, но страшно важный вопрос—что именно?»

И действительно, страшно важным вопросом было—что именно. Алиса осматривала кругом все цветочки и травинки, но ничто решительно не казалось ей подходящей для этой цели пищей. Близ неё высился огромный мухомор,[21] почти такой же высоты, как она сама. Когда она осмотрела всё под ним, и по обе стороны его, и сзади его, ей пришло в голову, что столь же разумно осмотреть и его верхушку.

Она встала на цыпочки и заглянула поверх шляпки. В ту же минуту её глаза встретились с глазами большой голубой Гусеницы, которая сидела со сложенными лапками и преспокойно курила кальян, не обращая ни малейшего внимания ни на что—в том числе и на Алису.

Глава V

Гусеница и её Совет

Некоторое время Гусеница и Алиса молча разглядывали друг друга. Наконец Гусеница вынула изо рта чубук и обратилась к Алисе вялым, сонным голосом.

«Кто ты такая?» спросила она.

Это едва ли было ободряющим началом разговора. Алиса не без робости ответила: «Я… В настоящий момент я, сударыня, не вполне уверена в том, кто я такая. Я знаю, кем была сегодня утром, когда встала—но, мне кажется, с тех пор я успела уже несколько раз перемениться.»

«Что ты хочешь сказать этим?» строго сказала Гусеница. «Поясни твои слова.»

«Мне очень трудно пояснить *мои* слова, сударыня,» сказала Алиса, «потому что я не я, видите ли.»

«Не вижу,» сказала Гусеница.

«Едва ли я сумею выразить это понятнее,» сказала Алиса очень вежливо, «потому что прежде всего я сама не могу в этом разобраться! Меняться в росте несколько раз в течение дня до такой степени выбивает из колеи…»

«Нисколько,» сказала Гусеница.

«Ну, может быть, вы ещё не пришли к такому выводу,» сказала Алиса. «Но когда вам придётся обратиться в куколку—рано или поздно это случится, знаете,—а потом в бабочку, вам это покажется несколько странным, не правда ли?»

«Неправда,» сказала Гусеница.

«Ну, может быть, вы иначе это чувствуете,» сказала Алиса. «Я знаю только, что мне это показалось бы странным.»

«Тебе!» с презрением отозвалась Гусеница. «Кто такая ты?».

Что снова привело их к началу разговора. Алису стало не на шутку раздажать, что Гусеница отвечала каждый раз так односложно. Она выпрямилась и сказала так важно, как только могла: «По-моему, вы должны сказать мне сначала, кто *вы* такая!»

«Почему?» спросила Гусеница.

Это был ещё один ставящий в тупик вопрос. И так как Алиса не могла найти уважительной причины, а Гусеница казалась в очень плохом настроении, она повернулась, чтобы уйти.

«Вернись!» позвала её Гусеница. «Я должна сказать тебе важную вещь.»

Алиса не заставила себя долго просить. Она повернулась и подошла к мухомору.

«Не выходи из себя!» сказала Гусеница.

«Это всё?» спросила Алиса, пытаясь, насколько могла, подавить в себе гнев.

«Нет,» сказала Гусеница.

Алиса решила, что, так как ей делать нечего, она смело может подождать—может быть, рано или поздно Гусеница скажет ей что-либо достойное внимания. Последняя несколько минут пускала клубы дыма, не говоря ни слова. Наконец она разжала лапки, вынула снова изо рта чубук и сказала: «Так что ты думаешь, что переменилась, да?»

«Боюсь, что это так, сударыня,» сказала Алиса. «Я не помню того, что раньше помнила,—и я не могу удержаться на одном росте десять минут подряд.»

«Не помнишь *чего?*» сказала Гусеница.

«Например, я пыталась прочесть *„Птичка божия не знает“*, но у меня получилось совсем, совсем наоборот,» ответила Алиса печальным голосом.

«Повтори: *„Попрыгунья-стрекоза“*!»[22] сказала Гусеница.

Алиса сложила руки и начала:—

«Попрыгунья-Стрекоза
Проработала всё лето:
Зной ли, дождик ли, гроза—
Знай тащи и то и это
И копи к зиме запас,
Не сомкнув ни разу глаз.
Вот зима сменила лето.
Льдом и снегом всё одето.
И, продрогнув до костей,
К Стрекозе стучится сиро
Лодырь, плут, шалун, проныра,
Забияка Муравей.»

«Неправильно!» перебила её Гусеница.

«Как будто не *совсем* правильно,» сказала Алиса робко, «кое-какие слова переменились.»

«Неправильно с начала до конца!» сказала Гусеница решительно, и несколько минут царило молчание.

Гусеница заговорила первой.

«Какой величины ты хотела бы быть?» спросила она.

«О, я не так уж разборчива на этот счёт!» поспешно ответила Алиса. «Только не очень-то приятно так часто меняться, знаете.»

«Не знаю,» сказала Гусеница.

Алиса промолчала. Ей ещё ни разу в жизни не противоречили так много, и она чувствовала, что начинает выходить из себя.

«Теперешним твоим ростом ты довольна?» спросила Гусеница.

«Собственно, я хотела бы быть немного больше, сударыня, если вы ничего не имееге против,» сказала Алиса. «Полтора вершка[23]—это такой мелкий рост.»

«Это очень хороший рост!» сердито сказала Гусеница, выпрямляясь при этих словах в полную свою вышину (она была точка в точку полутора вершков росту!).

«Но я не привыкла к нему!» умоляюще сказала Алиса. И подумала при этом: «Я бы хотела, чтобы все эти существа не были столь обидчивы.»

«Со временем ты привыкнешь,» сказала Гусеница. И она снова взяла в рот чубук и начала курить.

На этот раз Алиса спокойно ждала, пока та заговорит снова. Спустя минуту-другую Гусеница вынула изо рта чубук, зевнула раза два и встряхнулась. Потом она спустилась с мухомора и поползла а траву, обронив на ходу: «Одна сторона сделает тебя выше, другая сторона сделает тебя ниже.»

«Одна сторона *чего?* Другая сторона *чего?*» подумала Алиса.

«Мухомора,» сказала Гусеница, как будто вопрос был задан вслух, и мгновенье спустя исчезла из виду.

С минуту Алиса в раздумии осматривала гриб, пытаясь выяснить, где какая сторона мухомора. Но так как он был совершенно круглым, вопрос показался ей трудным до чрезвычайности. Как бы там ни было, она охватила его, наконец, обеими руками, растянув их по возможности шире, и отломила каждой рукой по куску.

«А теперь: который—какой?» подумала она и откусила крошечный кусочек правого, чтобы испытать его действие. В следущую же минуту она ощутила сильный удар по подбородку: он ударился об ногу.

Это было так неожиданно, что Алиса страшно испугалась. Но она тут же сообразила, что нельзя терить времени, потому что через секунду от неё ничего не останется,— и поспешила откусить от другого куска. Её подбородок был так тесно прижат к ногам, что она едва-едва могла раскрыть рот. Наконец она ухитрилась кое-как это сделать и проглотила крохотную частицу левого куска.

«Ух! Наконец моя голова свободна!» сказала Алиса в восхищении. Но восхищение через минуту сменилось тревогой—потому что она нигде не могла найти своих плеч. Глядя вниз, она видела только шею огромнейшей длины, которая поднималась на манер столба из моря зелёной листвы.

«Что это там за зелёные штуки?» сказала Алиса. «И куда девались мои плечи? И, ах, бедные мои ручки, как могло случиться, что я вас не вижу?» Она двигала ими, пока говорила, но единственным результатом было только небольшое волниие в расстилавшемся внизу зелёном море листвы.

Так как не было никакой возможности приблизить руки к лицу, Алиса попробовала приблизить лицо к рукам. Тут она с восторгом убедилась, что её шея двигалась легко в любом направлении наподобие змеи. Ей только что удалось искривить свою шею очень изящным зигзагом, и она уже готовилась нырнуть в листву, как резкое шипение заставило её поспешно отшатнутьея: большой Голубь[24] налетел на неё и бил её лицо крыльями.

«Змея!» визжал Голубь.

«Я не змея!» в негодовании возразила Алиса. «Оставьте меня в покое!»

«А я говорю: змея!» повторил Голубь, но уже тише, и закончил плачущим голосом: «Я перепробовал всё, но на них ничем не угодишь!»

«Я не имею ни малейшего представления, о чём вы говорите,» сказала Алиса.

«Я пробовал древесные корни, и я пробовал берега реки, и я пробовал изгороди,» проложал голубь, не обращая на нее внимания, «но эти змеи! От них нет спасения!»

Алиса понимала всё меньше и меньше, но полагала, что бесполезно говорить что-либо прежде, чем Голубь выскажется.

«Как будто мало беспокойства высиживать яйца!» сказал Голубь. «Я должен ещё день и ночь сторожить их от змей. Да что говорить! Вот уже три недели, как я не сплю ни одной минутки!»

«Мне очень жаль, что я причинила вам беспокойство,» сказала Алиса, начиная понимать, в чём дело.

«И вот как только я выбираю самое высокое дерево в лесу,» продолжал Голубь, повышая голос до крика, «и вот как я начинаю чувствовать себя в безопасности, они считают нужным свалиться с неба. Фу! Змея!»

«Но я не змея, говорю вам!» сказала Алиса. «Я… я…»

«Хорошо. Кто же ты такая?» сказал Голубь. «Я вижу, ты стараешься что-то придумать.»

«Я… я маленькая девочка!» сказала Алиса не без сомнения, впрочем, потому что вспомнила, скольким переменам подверглась она за день.

«Очень похоже, нечего сказать!» сказал Голубь тоном глубокого презрения. «Я видел немало маленьких девочек в своё время, но ещё ни одной с такой шеей. Нет, нет! Ты—змея. Бесполезно отрицать это. Ты, вероятно, станешь теперь утверждать, что никогда не пробовала яиц?»

«Я пробовала яйца, конечно,» сказала Алиса, бывшая очень правдивым ребёнком, «но маленькие девочки тоже едят яйца, знаете.»

«Не верю этому!» сказал Голубь. «А если это так, что ж, тогда маленькие девочки—только другая порода змей! Вот всё, что я могу сказать.»

Эта мысль была настолько нова для Алисы, что она молчала несколько минут, обдумывая её. Это дало возможность Голубю добавить: «Ты ищешь яйца, я прекрасно знаю это—и не всё ли мне равно, маленькая ты девочка или змея!»

«Это не всё равно для меня!» сказала поспешно Алиса. «Но дело в том, что я не ищу яиц. А если бы искала, то мне не нужно ваших. Я не люблю сырых яиц.»

«Ну, в таком случае убирайся вон!» грубо сказал Голубь, снова садясь в гнездо. Алиса стала выбираться из цепкой листвы, но её шея то и дело запутывалась в ветвях, и каждые пять минут она вынуждена была останавливаться и распутывать её. Немного спустя она вспомнила, что всё ещё держит в руках кусочки мухомора. Алиса с большой осторожностью стала исправлять свой рост, откусывая то от одного, то от другого куска и делаясь то выше, то ниже, пока ей не удалось наконец добраться до своей обычной вышины.

Она уже так давно не была правильного роста, что первое время даже чувствовала некоторую неловкость. Но через несколько минут она снова привыкла к нему и пустилась по обыкновению сама с собой в разговоры: «Ну вот, половина моего плана исполнена. Как странны эти изменения! Я никогда не знаю, чем буду в следующую минуту. Однако я теперь опять настоящего роста. Остаётся только попасть в тот прекрасный сад. Но как это сделать, хотелось бы мне знать?» С этими словами она вышла внезапно на открытую поляну, на которой стоял небольшой домик аршина полтора[25] в вышину. «Кто бы здесь ни жил,» подумала Алиса, «нельзя придти к ним, будучи такого роста. Я перепугала бы их всех до сумасшествия!» И вот она стала надкусывать понемногу от правого куска и лишь тогда осмелилась подойти к дому, когда стала вершков шести ростом.[26]

Глава VI

Поросёнок и Перец

Минуту-две Алиса стояла и рассматривала домик, не зная, что ей теперь предпринять. Вдруг из лесу показался бегущий лакей (она решила, что это лакей, потому что на нём была ливрея; судя же по лицу, это была просто рыба) и стал громко барабанить в дверь домика. Её открыл другой лакей, тоже в ливрее, с круглым лицом и глазами навыкате, очень похожий на жабу. У обоих ливрейных лакеев, как заметила Алиса, были завитые напудренные парики. Ей очень захотелось узнать, в чём тут было дело, и она подползла немного ближе, чтобы подслушать.

Лакей-Рыба начал с того, что достал громадное письмо величиной почти с него самого, которое он держал под мышкой. Он передал его другому, сказав очень торжественным тоном: «Герцогине. Приглашение от Королевы на партию в крокет.» Лакей-Жаба повторил тем же торжественным тоном, только переставив слова: «От Королевы. Приглашение Герцогине на партию в крокет.»

Тут они оба низко поклонились друг другу и сцепились кудряшками своих париков.

Алисе стало так смешно, что ей пришлось убежать обратно в лес, чтобы не спугнуть их своим смехом. Когда она потом выглянула снова, Лакея-Рыбы уже не было, а Лакей-Жаба сидел на земле подле двери и бессмысленно глядел на небо.

Алиса робко подошла к двери и постучала.

«Нет никакого смысла стучать,» сказал Лакей, «по двум причинам. Во-первых, потому что я по ту же сторону двери, что и ты. Во-вторых, они так шумят внутри, что стука всё равно никто не услышит.» И действительно, изнутри слышался самый невероятный шум: беспрестанный рёв и чихание, а время от времени страшный грохот, как от разбиваемого блюда или горшка.

«В таком случае скажите, пожалуйста,» сказала Алиса, «как мне туда войти?»

«В стучании был бы ещё кое-какой смысл,» сказал Лакей, не слушая её, «если бы нас разделяла дверь. Например, будь ты внутри, ты могла бы постучать, и я мог бы тебя выпустить.» Всё это время он продолжал пялить глаза в небо, и это показалось Алисе страшно невежливым. «Впрочем, может быть, он не может иначе,» подумала она. «Его глаза почти на самой верхушке головы. Но во всяком случае он мог бы отвечать на вопросы». «Как мне войти туда?» повторила она вслух.

«Я буду сидеть здесь,» заметил Лакей, «вплоть до завтра...»

В эту минуту дверь домика открылась и громадная тарелка, брошенная изнутри, вылетела оттуда—прямо в голову Лакею. Она задела его по носу и разбилась на куски об одно из деревьев.

«...или до послезавтра, может быть,» продолжал Лакей тем же голосом, как будто ничего не случилось.

«Как мне войти в дом?» снова спросила Алиса ещё громче.

«Полагается ли тебе вообще входить в дом?» сказал Лакей. «Это первый вопрос, видишь ли.»

В этом не было никакого сомнения, но Алисе не понравилось, что ей это сказали. «Прямо ужасно,» пробормотала она про себя, «до какой степени все эти существа любят противоречить. Можно с ума сойти от этого!»

Лакей воспользовался удобным случаем и повторил своё замечание с некоторыми вариациями. «Я останусь сидеть здесь,» начал он, «дни за днями, недели за неделями...»

«Но что я буду делать?» спросила Алиса.

«Всё, что тебе нравится!» возразил Лакей и начал свистеть.

«С ним совершенно бесполезно разговаривать!» сказала Алиса с отчаянием. «Он полнейший идиот!» И она толкнула дверь и вошла.

Дверь открывалась прямо в большую кухню, полную дыма снизу доверху. На трёхногом табурете посредине кухни сидела Герцогиня и нянчила грудного младенца. Кухарка возилась у очага, мешая суп в громадном котле.

«В этом супе, во всяком случае, слишком много перцу», подумала Алиса, беспрестанно чихая.

Его было слишком много и в воздухе. Даже Герцогиня то и дело чихала. Что касается младенца, то он чихал и орал, орал и чихал попеременно, без передышки. Не чихали только сама Кухарка и огромный кот, который сидел у печки, улыбась до ушей.

«Скажите, пожалуйста,» немного робко сказала Алиса, так как не была уверена, должны ли благовоспитанные девочки начинать разговор первыми, «почему ваш кот так улыбается?»

«Это Сибирский Кот,»[27] сказала Герцогиня, «вот почему. Свинья!»

Последнее слово Герцогиня выкрикнула с такой силой, что Алиса даже подскочила, но, увидев, что оно относилось к младенцу, а не к ней, она набралась храбрости и начала опять:

«Я не знала, что сибирские коты всегда улыбаются. Собственно говоря, я не знала, что коты вообще умеют улыбаться!»

«Они все умеют,» сказала Герцогиня. «А большинство и улыбаются.»

«Я не знала ни одного, который бы улыбался,» сказала Алиса очень вежливо, польщённая тем, что завязался настоящий разговор.

«Ты очень мало знаешь,» отрезала Герцогиня. «Это факт.»

Тон этого замечания был не по душе Алисе, и она решила переменить тему. Пока она выбирала, на чём бы остановиться, Кухарка сняла котёл с супом с огня и в ту же минуту стала бросать в Герцогиню и младенца все предметы, которые оказывались под рукой. Сначала полетела кочерга, потом дождь сковородок, тарелок и блюд. Герцогиня не обращала на них ни малейшего внимания, даже когда они попадали в неё; а младенец всё равно так орал, что было трудно понять, больно ему или нет.

«Пожалуйста, следите за тем, что вы делаете!» вскричала Алиса, подпрыгивая в паническом страхе. «Ах! Конец его маленькому носику!» (Потому что в этот момент громадая сковорода пролетела так близко от носа младенца, что, казалось, должна была снести его до основания.)

«Если бы каждый занимался собственным делом,» хрипло пробормотала Герцогиня, «мир вертелся бы гораздо скорее, чем теперь.»

«Это вовсе не было бы к лучшему!» вставила Алиса, довольная случаем проявить свои познания. «Подумайте только, что стало бы с днями и ночами! Видите ли, земля делает полный оборот вокруг своей оси в двадцать четыре часа...»

«Если *она* не сделает сейчас же полного оборота вокруг своей оси,» сказала Герцогиня, «отрубить ей голову!»

Алиса испуганно взглянула на Кухарку, чтобы убедиться, не примется ли та за выполнение приказания. Но Кухарка озабоченно мешала свой суп и, казалось, ничего и никого не слышала. Так что Алиса продолжала: «В двадцать четыре часа... кажется. Или, может быть, в двенадцать? Я...»

«Не надоедай *мне* с этим!» сказала Герцогиня. «Я никогда не выносила цифр.» И она снова стала нянчить младенца, напевая что-то вроде колыбельной песни и встряхивая его изо всей силы после каждой строчки:—

> «*Спи, младенец мой противный,*[28]
> *Баюшки-баю.*
> *Я тебя лозой крапивной*
> *Больно изобью.*»

ПРИПЕВ
(к которому присоединялись Кухарка и сам младенец) :—
«*Гав! Гав! Гав!*»[29]

Во время второго куплета этой странной колыбельной песни Герцогиня швыряла младенца вверх и вниз с таким ожесточением, что Алиса едва могла разобрать слова:—

«После выкину за дверцу,
Спит он иль не спит—
Раз он любит много перцу,
Пусть себе вопит.»

Припев:
«Гав! Гав! Гав!»

«Вот! Ты можешь понянчиться с ним немного, если хочешь,» сказала Герцогиня Алисе, швыряя в нее при этих словах младенцем. «Мне нужно пойти и принарядить-ся. Я приглашена на партию в крокет к Королеве.» И она поспешно вышла из комнаты. Кухарка бросила ей вдогонку сковороду, но на самую чуточку промахнулась.

Алиса с трудом поймала младенца, потому что он был очень странного сложения и растопыривал ручки и ножки во всех направлениях. «Совсем как морская звезда,» решила Алиса. Несчастное существо хрипело как паровоз и то сгибалось, то разгибалось, так что первое время Алиса с большим трудом удерживала его на руках.

Наконец, когда она изловчилась и нашла способ держать его (способ был очень простой: сжать его в комок так, чтобы левое ухо и правая ножка соприкасались), она поспешила с ним на свежий воздух. «Если я не унесу ребёнка с собой,» подумала Алиса, «они, наверное, уморят его в два дня. Разве не преступление оставлять его здесь?» Последние слова она произнесла вслух, и маленькое суще-ство захрюкало в ответ (оно уже перестало чихать к этому времени.) «Не хрюкай!» сказала Алиса. «Маленькие дети не должны хрюкать.»

Младенец захрюкал сильнее, и Алиса заглянула ему в лицо, чтобы узнать, что с ним такое. Не могло быть никакого сомнения: младенец был до такой степени курнос, что его нос более походил на пятачок, да и глаза его были чересчур узки. Вообще он очень не понравился Алисе. «Но может быть, это он так *плачет*», подумала Алиса и ещё раз заглянула ему в глаза, чтобы выяснить, нет ли в них слёз.

Нет, слёз не было и признака! «Если ты собираешься превратиться в поросёнка, душечка,» серьёзно сказала Алиса, «я тебя брошу. Имей это в виду.» Бедное маленькое существо снова заплакало (или захрюкало—трудно было определить, что именно), и некоторое время Алиса шла молча.

Но только она ударилась в размышления: «Ну-с, а что я стану с ним делать, когда попаду домой?»—как младенец опять захрюкал—на этот раз настолько громко и явственно, что Алиса заглянула ему в лицо уже с тревогой. Теперь можно было сказать безошибочно: он превратился в самого обыкновенного поросёнка, и тащить его на руках дальше было нелепо.

Алиса спустила маленькое существо с рук и увидела с большим облегчением, как оно затрусило по направлению к лесу. «Если бы оно выросло,» подумала Алиса, «оно превратилось бы в ужасно безобразного ребёнка; но сейчас это—прехорошенькая чушка!» Она стала перебирать в уме знакомых детей, из которых могли бы выйти очень недурные поросята,—«если бы только знать способ превращения»—как вдруг вздрогнула от неожиданности, увидев сидящего на ветке в нескольких аршинах от неё Сибирского Кота.

Кот по обыкновению широко улыбался. Он имел очень добродушный вид, как казалось Алисе. Однако у него были настолько длинные когти и многочисленные зубы, что Алиса решила быть с ним почтительнее.

«Сибирский Котик!» начала она добольно робко, так как не была уверена, что такое обращение ему понравится. Но улыбка у Кота стала ещё шире. «Стой!» подумала Алиса. «Пока что он доволен». И она продолжала: «Скажите, пожалуйста, в какую сторону мне идти отсюда?»

«Это зависит прежде всего от того, куда ты хочешь попасть,» сказал Кот.

«Мне всё равно, куда…» начала Алиса.

«Тогда всё равно, в какую сторону ты ни пойдёшь,» сказал Кот.

«…лишь бы я попала куда-нибудь,» добавила Алиса в виде пояснения.

«О, куда-нибудь ты, наверное, попадёшь,» сказал Кот, «если пробудешь в пути достаточное время.»

Алиса почувствовала, что с этим трудно спорить, и изменила вопрос: «Какого сорта народ живёт здесь по соседству?»

«В *этом* направлении,» сказал Кот, махнув правой лапой, «живёт Шляпочник. А в *том* (он махнул левой) Заяц. Посети кого хочешь: они оба сумасшедшие.»

«Но я вообще не хочу быть среди сумасшедших!» заметила Алиса.

«С этим ничего не поделаешь,» сказал Кот. «Мы все здесь сумасшедшие. Я сумасшедший. Ты сумасшедшая.»

«Откуда вы знаете, что я сумасшедшая?» спросила Алиса.

«Ты должна быть сумасшедшей,» сказал Кот, «иначе ты не пришла бы сюда.»

Алиса не считала это доказанным. Однако она продолжала: «А почему вы знаете, что вы сумасшедший?»

«Начать с того,» сказал Кот, «что собака не сумасшедшая. Ты согласна?»

«Допустим,» сказала Алиса.

«Ну-с, так вот,» продолжал Кот, «собака, видишь ли, рычит, когда сердится, и виляет хвостом, когда довольна. Я же рычу, когда доволен, и виляю хвостом, когда сержусь. Следовательно, я сумасшедший.».

«Я называю это мяуканьем, а не рычаньем,» сказала Алиса.

«А это уж твоё дело,» сказал Кот. «Ты играешь в крокет с Королевой сегодня?»

«Мне очень хотелось бы,» призналась Алиса, «но я ещё не получила приглашения.»

«Там увидимся,» сказал Кот и исчез.

Алиса не очень удивилась его исчезновению. Она постепенно привыкла к тому, что кругом случались необыкновенные вещи. Пока она смотрела на то место, откуда Кот исчез, он так же внезапно появился снова.

«Кстати, что стало с младенцем?» сказал он. «Я чуть не позабыл спросить.»

«Он превратился в чушку,» сказала Алиса совершенно спокойно—как будто Кот вернулся самым естественным образом.

«Я так и думал,» сказал Кот и снова исчез.

Алиса подождала немного, не появится ли он снова; но он не появился, и минуту-другую спустя она зашагала в том направлении, где, по словам Кота, жил Заяц. «Шляпочников я видала и раньше,» рассудила она. «Заяц будет гораздо интереснее. Притом, может быть, его помешательство тихое, а не буйное.» Говоря это, она машинально взглянула вверх и—снова увидела Кота, сидящего на ветке.

«Ты сказала: „в чушку“ или „в пушку“?»[30] спросил он.

«Я сказала: „в чушку“,» ответила Алиса, «и я очень хотела бы, чтобы вы не появлялись и не исчезали так внезапно—у меня от этого голова кружится.»

«Есть!» сказал Кот—и на этот раз он стал исчезать медленно, начиная с конца хвоста и кончая улыбкой, так что некоторое время Кота уже не было, а улыбка всё ещё оставалась.

«Ну, я часто видела кота без улыбки,» подумала Алиса, «но улыбку без кота! Это самое любопытное из всего, что мне приходилось видеть!»

Алиса снова пустилась в путь, и очень скоро на опушке показался дом: она решила, что это и есть дом Зайца, потому что трубы имели форму длинных ушей, а крыша была опушена мехом. Дом был так велик, что прежде чем подойти, она откусила самую чуточку от левого куска мухомора (она всё еще держала их в карманах: правый в правом, а левый в левом)[31] и подняла себя до аршина росту.[32] Но даже и теперь она подходила к дому не без опаски, рассуждая: «А что, если он всё-таки буйнопомешанный? Лучше бы я уж выбрала Шляпочника!»

Глава VII

За Чашкой Чая

Под деревом перед домом стоял накрытый стол, а за ним, распивал чай, сидели Заяц и Шляпочник.[33] Животное из породы грызунов, известное под именем Соня,[34] сидело между ними и крепко спало—так что Заяц и Шляпочник пользовались им как диванной подушкой: положили на Соню локти и разговаривали поверх её головы. «Очень неудобно для бедной Сони,» подумала Алиса, «но, раз она спит, ей, вероятно, всё равно».

Стол был очень велик, но все трое теснились на одном конце его. «Нет места! Нет места!» закричали они, увидев подходящую Алису. «Места более чем достаточно!» сказала Алиса с возмущением и опустилась в широкое кресло.

«Не угодно ли вина?» предложил Заяц ободряющим тоном.

Алиса осмотрела весь стол, но там был только чай. «Я не вижу, где вино,» сказала она.

«Его и нет,» сказал Заяц.

«В таком случае очень неучтиво предлагать его!» сказала Алиса сердито.

«Было столь же неучтиво с твоей стороны садиться за стол без приглашения!» возразил Заяц.

«Я не знала, что это ваш стол» сказала Алиса. «Он накрыт на гораздо большее число лиц.»

«Тебе нужно постричься,» сказал Шляпочник. Он уже некоторое время с большим любопытством разглядывал Алису, и это были его первые слова.

«Научитесь не говорить личностей!» сказала с некоторой суровостью Алиса. «Это очень невежливо.»

Шляпочник широко раскрыл глаза, услышав это. Но вот всё, что он сказал: «Что общего между вороной и письменным столом?»

«Ага, теперь начнётся потеха!» подумала Алиса. «Я очень рада, что они стали загадывать загадки.» «Мне кажется, я это разгадаю!» добавила она вслух.

«Ты думаешь, что знаешь ответ?» спросил Заяц.

«Вот именно,» сказала Алиса.

«Тогда говори, что думаешь,» закончил Заяц.

«Я это и делаю,» поспешно сказала Алиса, «по крайней мере… я думаю, что говорю, а это одно и то же, знаете!»

«Совершенно не одно и то же!» воскликнул Шляпочник. «Может быть, ты скажешь ещё „я вижу то, что ем“ и „я ем то, что вижу“—тоже одно и то же?»

«Может быть, ты скажешь ещё,» добавил Заяц, «что „я люблю всё, что имею“ и „я имею всё, что люблю“—тоже одно и то же»

«Может быть, ты скажешь ещё,» продолжила Соня, которая, по-видимому, говорила во сне, «что „я дышу, пока сплю“ и „я сплю, пока дышу“—тоже одно и то же?»

«Эго и есть одно и то же—для тебя!» сказал Шляпочник,—и на этом разговор оборвался. Компания сидела несколько минут в молчании, и Алиса перебирала в уме всё, что могла найти общего между воронами и письменными столами—но такого оказывалось очень псмного.

Шляпочник первый прервал молчание. «Какое число сегодня?» спросил он, обращаясь к Алисе. При этом он вынул из кармана часы и стал с беспокойством их рассматривать, то и дело встряхивая и затем прикладывая к уху.

Алиса подумала немного и сказала: «Четвёртое.»

«На два дня отстали!» вздохнул Шляпочник. «Я говорил тебе, что сливочное масло не годится для механизма!» добавил он, сердито глядя на Зайца.

«Масло было *лучшего* сорта,» виновато возразил Заяц.

«Но, очевидно, вместе с ним попали и крошки,» проворчал Шляпочник. «Не нужно было вмазывать его хлебным ножом.»

Заяц взял часы и мрачно осмотрел их; затем обмакнул их в чашку с чаем и снова осмотрел; но не мог придумать ничего лучшего, как повторить ещё раз: «Масло было *лучшего* сорта, знаешь ли.»

Алиса не без любопытства смотрела через его плечо на часы. «Что за смешные часы!» заметила она. «Они показывают число месяца и не показывают, который час.»

«А зачем?» пробормотал Шляпочник. «Разве твои часы показывают, который год?»

«Конечно, нет!» с готовностью ответила Алиса. «Но это потому что им приходится очень долго идти в течение одного и того же года.»

«То же самое и с моими,» сказал Шляпочник.

Алиса совсем растерялась. Ответ Шляпочника как будто не имел никакого смысла, и, однако, он звучал по-русски. «Я вас не совсем понимаю,» сказала она чрезвычайно вежливо.

«Соня опять спит!» заметил Шляпочник, и вылил немного горячего чая из чашки ей на нос.

Соня нетерпеливо тряхнула головой и произнесла, не раскрывая глаз: «Разумеется, разумеется… Именно это я и собиралась сказать!»

«Ты уже разгадала загадку?» спросил Шляпочник, снова обращаясь к Алисе.

«Нет, я сдаюсь,» ответила Алиса. «А какой ответ?»

«Не имею ни малейшего представления!» сказал Шляпочник.

«Равно как и я,» сказал Заяц.

Алиса только вздохнула. «Мне кажется, вы могли бы употребить время на что-нибудь лучшее,» сказала она, «чем допускать, чтобы оно изводилось на загадки, у которых нет разгадок.»

«Если б ты знала Время так же хорошо, как я,» сказал Шляпочник, «ты не толковала бы, что „оно“ изводится. Время—„он“.»

«Я вас не понимаю!» сказала Алиса.

«Ещё бы ты понимала!» воскликнул Шляпочник, презрительно вскидывая голову. «Смею сказать, ты ни разу не разговаривала со Временем!»

«Возможно, что нет,» сдержанно возразила Алиса, «но зато меня учили отбивать время во время занятий музыкой.»

«Ага, это всё объясняет!» сказал Шляпочник. «Он ни за что не позволит, чтобы его отбивали, как котлету. А вот если бы ты была с ним в хороших отношениях, он сделал бы с часами всё, что тебе угодно. Предположи, например, что сейчас девять часов утра, время садиться за книжки— ты только намекнёшь ему, и раз: часы показывают половину второго! Время обедать!

(«Ах, если бы это было так!» прошептал Заяц.)

«Это было бы великолепно, конечно,» произнесла Алиса в раздумьи, «но в таком случае—у меня не было бы аппетита.»

«Сначала, может быть, нет,» сказал Шляпочник, «но ты бы могла держаться на половине второго до тех пор, пока не проголодаешься!»

«Вы сами, должно быть, таким образом и устраиваетесь?» спросила Алиса.

Шляпочник печально покачал головой. «Только не я!» отвечал он. «Мы поссорились в прошлом марте. Как раз перед тем, как ему сбеситься!» добавил он, показывая ложкой на Зайца. «Это было на гала-концерте Королевы, и я должен был петь:

„*Чижик-пыжик, где ты был?*[35]
На лугу гусей ловил!“

Ты, может быть, знаешь эту песню?»

«Я слыхала что-то похожее!» сказала Алиса.

«Она поётся дальше,» продолжал Шляпочник, «таким образом:—

„Сцапал гуся, сцапал двух,
Обкорнал перо и пух…"»
Чижик-пыжик—

Но тут Соня снова встряхнулась и начала тянуть во сне: «*Чижик-пыжик—чижик-пыжик…*» и продолжала это до тех пор, пока те двое не ущипнули её.

«Ну-с, едва я кончил первый куплет,» сказал Шляпочник, «как Королева вскочила и завопила: „Он убивает время! Отрубить ему голову!"»

«Какаи дикая жестокость!» воскликнула Алиса.

«И с тех самых пор,» продолжал печально Шляпочник, «Время не хочет вовсе считаться со мною. У меня всегда шесть часов вечера.»

Яркая мысль промелькнула в голове Алисы. «Поэтому-то у вас стол всегда накрыт для чая?» спросила она.

«Именно,» подтвердил Шляпочник, вздыхая, «у нас вечно время пить чай, и мы не успеваем в промежутках мыть посуду.»

«Значит, вы всё время передвигаетесь?» догадалась Алиса.

«Совершенно верно,» сказал Шляпочник, «по мере того, как пачкается посуда.»

«Ну, а когда вы снова приходите к началу?» рискнула спросить Алиса.

«Что, если мы переменим тему?» перебил, зевая, Заяц. «От этой я уже устал. Подаю голос за то, чтобы барышня рассказала нам что-нибудь.»

«Боюсь, что ничего не знаю!» поспешно сказала Алиса, немного встревоженная таким предложением.

«Тогда пусть расскажет Соня!» вскричали оба—Заяц и Шляпочник. «Вставай, Соня!» И они ущипнули её сразу с двух сторон.

Соня медленно раскрыла глаза. «Я не спала,» заявила она пискливым голосом. «Я слышала каждое слово из того, что вы говорили.»

«Рассажи нам что-нибудь!» сказал Заяц.

«Да, пожалуйста, расскажите!» умоляюще поддержала Алиса.

«И поторапливайся!» добавил Шляпочник. «Не то ты заснёшь прежде, чем успеешь кончить.»

«В тридевятом царстве, в тридесятом государстве,» с большой поспешностью начала Соня, «жили-были три сестры: Саня, Маня и Таня.[36] Они жили на дне колодца…»

«Чем они там питались?» спросила Алиса, которая всегда очень живо интересовлаась вопросами еды и питья.

«Патокой,» сказала Соня, подумав с минуту.

«Этого не могло быть, знаете,» мягко возразила Алиса, «они бы заболели.»

«Так и случилось,» сказала Соня. «Они заболели.»

Алиса попробовала представить себе, на что должен был походить такой необычайный образ жизни, но только запуталась и наконец сказала: «Но почему они жили на дне колодца?»

«Ты напрасно не выпила больше вина!»[37] сказал Алисе Заяц совершенно серьёзно.

«Я ещё не пила ничего,» обиженно возразила Алиса. «Так что никак не могла бы выпить больше!»

«Ты хочешь сказать, что никак не могла бы выпить меньше,» сказал Шляпочник. «Легко выпить *больше*, чем ничего.»

«Никто не спрашивал вашего мнения!» сказала Алиса.

«Ага! Кто теперь говорит личности?» спросил с торжеством Шляпочник.

Алиса не знала, что ответить на это. Поэтому она взяла чашку чаю, хлеба с маслом, а затем повернулась к Соне и повторила вопрос: «Почему они жили на дне колодца?»

Соня опять подумала несколько минут и затем сказала: «Это был паточный колодец.»

«Таких колодцев не бывает!» начала было в сердцах Алиса, но Шляпочник и Заяц стали шикать, а Соня мрачно заметила: «Раз ты не умеешь себя держать, можешь закончить рассказ сама.»

«Нет, пожалуйста, продолжайте!» очень униженно попросила Алиса. «Я больше не буду перебивать вас. Я охотно допускаю, что один такой колодец существовал.»

«Один… скажите на милость!» с негодованием сказала Соня. Однако она согласилась продолжать рассказ. «Итак, эти три сестры целыми днями топили.»[38]

«Что они топили?» спросила Алиса, совсем забыв о своем обещании.

«Печку,» сказала Соня.

«Мне нужна чистая чашка,» перебил Шляпочник. «Передвинемся на одно место.»

Говоря так, он пересел; за ним пересела Соня; на её место пересел Заяц, а Алиса с большой неохотой заняла место последнего. Шляпочник был единственным, выгадавшим от этой перемены. Что же касается Алисы, то она значительно прогадала, так как Заяц перед тем, как пересесть, опрокинул молочник.

Алиса не хотела ещё раз обидеть Соню, поэтому она начала с большой осторожностью: «Я не совсем понимаю… Чем они могли топить печку, раз жили на дне колодца?»

«Дровами,» сказал Шляпочник. «Они привязывали дрова к печке, подносили к колодцу и топили её. Дрова-то ведь тяжёлые… а, глупыш?»

«Но ведь колодец был полон патоки?» обратилась Алиса к Соне, не удостаивая вниманием Шляпочника.

«Конечно,» сказала Соня. «Если бы он был пуст, в нём нельзя было бы ничего топить.»

Этот ответ до такой степени запутал бедную Алису, что она несколько времени слушала рассказ, не перебивая.

«Они топили печку каждый день,» продолжала Соня, зевая и протирая глаза, потому что с трудом боролась с дремотой, «с помощью всего, что начинается с буквы „Д“…»[39]

«Почему с „Д“?» спросила Алиса.

«Почему нет?» сказал Заяц.

Алиса молчала.

Соня успела закрыть глаза и погрузилась в дремоту, но когда Шляпочник её ущипнул, она пробудилась, вскрикнув от неожиданности, и продолжала: «…Что начинается с буквы „Д“, как, например: дрова, доброта, долото, деньги, достаточность… Ты слыхала когда-нибудь, чтобы топили печку „достаточностью“?»

«Раз вы меня спрашиваете об этом,» начала Алиса, «я не думаю…»

«Тогда ты не должна говорить!» сказал Шляпочник.

Этой грубости Алиса уж никак не могла перенести. Она поднялась с места в страшном отвращении и пошла прочь. Соня в ту же минуту заснула, а двое других не обратили ни малейшего внимания на её уход, хотя она раз или два оборачивалась в надежде, что они её окликнут. Последнее, что она видела, было, как Шляпочник и Заяц пытались засунуть Соню в чайник.

«По крайней мере *сюда-то* я уж никогда не вернусь,» говорила себе Алиса, пробираясь через лес. «Более глупого чаепития я ещё не видала ни разу в жизни!»

Говоря так, она вдруг заметила, что в одном из деревьев была дверца, ведущая внутрь его. «Это любопытно!» подумала она. «Впрочем, сегодня всё любопытно! Мне кажется, я смело могу войти». И она вошла.

Алиса снова очутилась в большом зале, где стоял стеклянный столик. «На этот раз я устроюсь лучше!» сказала она себе и начала с того, что взяла золотой ключик и отомкнула дверь, ведшую в сад. Затем она принялась грызть кусочки мухомора (она всё ещё держала их в карманах), пока не достигла вершков шести роста.[40] Затем она прошла через дверцу—и очутилась, наконец, в очаровательном саду с яркими цветочными клумбами и фонтанами, дышащими прохладой!

Глава VIII

Крокет у Королевы

У самого входа в сад стоял большой куст роз. Розы, на нём росшие, были белого цвета, но вокруг куста возились три садовника, спешно перекрашивавшие их в красный. Алиса сочла это очень странным и подошла ближе, чтобы проследить за ними. В тот момент, когда она подходила, она слышала, как один из них сказал: «Смотри ты, Пятёрка! Не брызгай так на меня краской!»

«Я ничего не могу поделать!» сказал Пятёрка угрюмо. «Семёрка толкнул меня под локоть.»

Но в ответ на это Семёрка поднял голову и сказал: «Правильно, Пятёрка! Всегда вали с больной головы на здоровую!»

«Ты бы уж лучше молчал!» заявил Пятёрка. «Всего лишь вчера я сам слышал, как Королева сказала, что ты заслуживаешь, чтобы тебе отрубили голову.»

«За что?» сказал тот, что заговорил первый.

«Это тебя не касается, Двойка!» заявил Семёрка.

«Нет, это его касается,» сказал Пятёрка. «И я скажу ему: за то, что он принёс повару тюльпанные корешки вместо луку.»

Семёрка бросил на землю кисть и начал было: «Если кто-нибудь когда-нибудь на этом свете лгал...» Как вдруг его взгляд упал на наблюдавшую за ними Алису! Он быстро осёкся, двое других тоже оглянулись, и вся троица низко поклонилась.

«Не будете ли вы добры сказать мне,» сказала Алиса не без робости, «почему вы перекрашиваете эти розы?»

Пятёрка и Семёрка ничего не ответили и только поглядывали на Двойку. Последний начал очень тихо: «Видите ли, барышня, дело в том, что здесь должен быть куст красных роз, а мы по ошибке посадили белый—и если бы Королева это заметила, нам бы всем троим отрубили головы. Вот, барышня, мы и стараемся изо всех сил, прежде чем она придёт…» В эту минуту Пятёрка, который с тревогой вглядывался в глубь сада, закричал: «Королева! Королева!» И все три садовника моментально повалились на землю, лицами вниз. Послышался шум множества приближавшихся шагов, и Алиса повернулась, желая поскорее увидеть Королеву.

Сначала шло десять солдат с пиками; они были той же формы, что и садовники, четырёхугольные и плоские, с руками и ногами по бокам. Затем шло десять придворных—эти имели в руках бубны и шли попарно, как и солдаты. За ними шли королевские дети—их тоже было десять, и милые крошки резвились, пры пи парами, рука об руку; их одежда была украшена красными узорами в форме сердец. Затем шли гости—по большей части Короли и Дамы. Среди них Алиса увидела Белого Кролика. Он что-то быстро и нервно говорил, улыбась всему что слышал, и прошёл мимо, даже не заметив её. Затем шёл Валет, нёсший королевскую корону на подушке из ярко-пунцового бархата. И, наконец, замыкая грандиозное шествие,—САМ КОРОЛЬ ЧЕРВЕЙ ПОД РУКУ С КОРОЛЕВОЙ.

Алисе пришло в голову, что, может быть, ей полагается плюхнуться лицом в землю, как это сделали все три садовника—но, с другой стороны, она ни разу не слышала о таком способе встречать процессии. «Кроме того, какой смысл в процессии,» сказала она себе, «если люди должны тыкаться лицами в землю и ничего не видеть?» Поэтому она осталась стоять и ждать.

Когда процессия поравнялась с Алисой, все остановились и начали на неё смотреть, а Королева сказала сурово: «Кто это?» Она обратилась к Валету Червей, но он только поклонился и стал бессмысленно улыбаться.

«Идиот!» сказала Королева, нетерпеливо тряхнув головой, и, обратившись к Алисе, спросила: «Как твоё имя, дитя?»

«Моё имя—Алиса, если это будет угодно вашему величеству!»[41] очень учтиво ответила Алиса, но про себя добавила: «Чего там! В конце концов, они только колода карт. Мне нечего их бояться.»

«А кто—эти?» сказала Королева, указывая на трёх садовников, распростёртых на земле. Так как они лежали лицами вниз, а оборотная сторона их была та же, что и у всех карт этой колоды, Королева никак не могла разобрать, были ли то садовники, или солдаты, или придворные, или, наконец, трое из её собственных детей.

«Откула я могу знать?» ответила Алиса, удивляясь своему мужеству. «Это никак не моё дело!»

Королева побагровела от ярости и, поглядев на неё взглядом разъярённой тигрицы, завопила: «Отрубить ей голову! Отрубить ей...»

«Чепуха!» сказала Алиса очень громко и решительно—и тем заставила Королеву смолкнуть.

Король взял Королеву за руку и робко сказал: «Подумай, дорогая! Она ещё ребенок.»

Королева сердито отвернулась от него и сказала Валету: «Переверни их!»

Валет очень осторожно, носком ноги, перевернул садовников.

«Встать!» приказала Королева звонким, визгливым голосом, и все три садовника, вскочив в одно мгновение на ноги, стали отвешивать поклоны Королю, Королеве, их детям и всем остальным.

«Перестаньте!» взвизгнула Королева. «У меня голова начинает кружиться.» И, указывая на розовый куст, добавила: «Что вы с ним делали?»

«Если это будет угодно вашему величеству» сказал Двойка очень униженно, опускаясь при этом на одно колено, «мы пытались...»

«Вижу!» перебила Королева, которая тем временем осматривала розы. «Отрубить им головы!» И процессия двинулась дальше, оставив трёх солдат, которым предстояло совершить казнь над злосчастными садовниками. Последние бросились за защитой к Алисе. 1

«Вам не отрубят голов!» сказала Алиса и посадила их в большой цветочный горшок, стоявший вблизи. Солдаты побродили вокруг несколько минут, ища их, а затем спокойно присоединились к процессии.

«Отрубили им головы?» крикнула Королева.

«Их головы исчезли, если это угодно вашему величеству!» браво гаркнули в ответ солдаты.

«Правильно!» прокричала Королева. «Ты умеешь играть в крокет?»

Солдаты молчали и глядели на Алису, так как вопрос, очевидно, был обращён к ней.

«Да!» закричала Алиса.

«Так идём!» заорала Королева, и Алиса присоедниилась к процессии, страшно недоумевая, что будет дальше.

«Нынче очень… очень хорошая погода!» раздался робкий голос подле неё. Рядом с ней шагал Белый Кролик, встревоженно заглядывавший ей в лицо.

«Очень!» сказала Алиса. «Где Герцогиня?»

«Тсс!» чуть слышно и поспешно прошипел Кролик. Он оглянулся через плечо, а затем встал на цыпочки, приблизив губы к её уху и прошептал: «Она приговорена к смерти!»

«Что за причина?» спросила Алиса.

«Вы изволили сказать: „Что за жалость“?» переспросил Кролик.

«Ничего подобного!» сказала Алиса. «Я совсем не жалею её. Я спросила, что за причина?»

«Она дала по уху Королеве…» начал было Кролик, но при этом из горла Алисы вырвался невольный смех. «Тсс! Перестаньте!» испуганно зашептал Кролик. «Вас услышит Королева. Видите ли, она опоздала, и Королева сказала…»

«Все по местам!» заорала Королева громовым голосом, и все разбежались в разные стороны, кувыркаясь друг через друга. Через несколько минут они разместились, и игра началась.

Алиса ещё ни разу в жизни не видала такой странной крокетной площадки. Вся она была изрыта бороздами и канавами. Шарами служили живые ежи. Молотками были фламинго. Солдаты же, встав на четвереньки и выгнув спины дугой, изображали ворота.

Главная трудность, с которой Алиса столкнулась на первых же порах, заключалась в том, чтобы справиться с фламинго. Ей удалось зажать его довольно удобно под мышкой, причём длинные ноги нелепой птицы свисали вниз. Но каждый раз, когла она вытягивала его шею в прямую линию и собиралась нанести удар по ежу, фламинго обязательно изгибал шею кольцом и заглядывал ей в лицо с таким забавным недоумением, что она не могла удержаться от смеха. А когда она снова выпрямляла ему шею и собиралась начать заново, оказывалось, что ёж спрятал иглы и готовится задать стрекача. К тому же, в какую бы сторону ни собиралась она сделать удар, в намеченном направлении непременно оказывалась либо трава, либо борозда. А так как солдаты, изображавшие ворота, всё время снимались с места и разгуливали по площадке, Алиса вскоре должна была убедиться, что такой крокет— чрезвычайно трудная игра.

Вее игроки играли одновременно, не соблюдая очереди, ссорясь всё время и отбивая друг у друга ежей. И очень скоро Королева пришла в такую ярость, что кричала направо и налево: «Отрубите ему голову!» или: «Отрубите ей голову!» не реже раза в минуту.

Алиса начала понемногу тревожиться. Собственно говори, до сих пор у неё не было серьёзного столкновения с Королевой, но она знала, что это может произойти каждую минуту. «А в таком случае,» подумала она, «что станет со мной? Здесь страшно любят отрубать людям головы—удивительно даже, что столько ещё осталось в живых!»

Алиса стала осматриваться, чтобы выяснить, не удастся ли ей как-нибудь незаметно улизнуть, как вдруг обнаружила в воздухе какое-то странное явление. Сначала Алиса очень растерялась, но, понаблюдав одну-две минуты, сообразила, что перед ней—улыбка, и сказала себе: «Это появляется Сибирский Кот. Теперь по крайней мере будет с кем разговаривать!»

«Ну, как идут дела?» спросил Кот, как только в воздухе обрисовался рот и он смог начать разговор.

Алиса подождала, пока появились глаза, и кивнула головой. «Нет никакого смысла отвечать,» подумала она, «пока не появились уши или хотя бы одно из них». Через минуту обрисовалась вся голова, и тогда Алиса спустила с рук фламинго и начала излагать свой взгляд на такой крокет, радуясь, что её есть кому слушать. Кот, по-видимому, решил, что с Алисы достаточно и части его, и дальше головы появляться не стал.

«По-моему, они играют не совсем честно,» начала Алиса тоном жалобы, «и они так ссорятся и шумят, что даже собственных мыслей не слышно, и у них вообще нет никаких правил игры, а если они и есть, то никто с ними не считается,—и вы представить себе не можете, какая путаница оттого, что всё живое! Например, вон идут те ворота, через которые мне сейчас надо бы пройти, а когда я хотела скрокировать ежа Королевы, он поднялся и убежал при виде моего ежа…»

«Как тебе нравится Королева?» спросил Кот.

«Не очень,» созналась Алиса, «она слишком уж…» В эту минуту Алиса заметила, что Королева стоит рядом с нею и прислушивается, и закончила: «…Близка к выигрышу, так что нет никакого смысла кончать партию!»

Королева улыбнулась и прошла дальше.

«С кем ты беседуешь?» спросил Король, подходя к Алисе и с любопытством разглядывая голову Кота.

«Это один из моих друзей, Сибирский Кот,» сказала Алиса. «Позвольте мне представить его вам.»

«Его вид мне совершенно не нравится!» сказал Король. «Тем не менее он может, если хочет, поцеловать мне руку.»

«Что-то не хочется!» заявил Кот .

«Не дерзи!» сказал Король. «И не гляди так на меня.» При этом он постарался стать сзади Алисы.

«Кот имеет право смотреть на Короля!» сказала Алиса. «Я читала это в какой-то сказке, только не помню в какой.»

«Во всяком случае его нужно убрать!» заявил Король очень решительно и подозвал Королеву, проходившую в тот момент мимо: «Дорогая моя! Я хотел бы, чтобы ты приказала убрать этого Кота.»

У Королевы был только один выход из всех затруднений—и больших, и малых. «Отрубить ему голову!» распорядилась она, даже не оглянувшись.

«Я сам сейчас же найду Палача!» сказал Король и бросился бежать.

Алиса решила, что смело может вернуться и посмотреть, как продвигается партия, но в эту минуту услыхала визгливый от ярости голос Королевы. Она уже видела, как трёх игроков приговорили к смерти за то только, что они пропустили очередь, и бросилась искать своего ежа, потому что при всеобщей путанице никогда нельзя было установить точно свою очередь.

Ёж Алисы дрался с чьим-то чужим ежом, и она решила, что это великолепный случай скрокировать одного другим. Но затруднение было в том, что её фламинго забрёл в противоположный угол сада, и Алисе было видно, как он беспомощно пытается взлететь на одно из деревьев.

Когда она поймала фламинго и вернулась с ним на место, битва была кончена и оба ежа успели скрыться из виду. «Впрочем, это не важно,» решила Алиса, «потому что всё равно ворота ушли в другой конец площадки.» Тут она крепко зажала фламинго пол мышкой и отправилась побеседовать ещё немного со своим другом.

Но когда она подошла ближе к тому месту, над которым выделялась голова Сибирского Кота, она увидала, что здесь собралась целая толпа. Между Королём, Королевой и Палачом шел оживлённый спор при гробовом молчании остальных, которым, видимо, было не по себе.

В ту минуту как появилась Алиса, все три спорщика обратились к ней за разрешением вопроса, и каждый привёл свои доводы. Но так как все трое говорили одновременно, она лишь с большим трудом разобрала, в чём дело.

Довод Палача был таков: нельзя отрубить голову, раз нет тела, от которого её можно было бы отрубить. Ему ещё ни разу не приходилось делать ничего подобного, и он не собирается начинать учиться на старости лет.

Довод Короля был краток. Раз есть голова, её можно отрубить, и нечего молоть вздор.

Довод Королевы заключался в том, что, если её приказ не будет выполнен сию же самую минуту, она велит отрубить головы всем окружающим до единого! (Это-то и заставляло всех стоящих вокруг чувствовать себя неловко.)

Алиса не могла придумать ничего другого, как сказать: «Он принадлежит Герцогине: вы лучше спросите её об этом.»

«Она в тюрьме,» сказала Королева. «Доставить её сюда!» И Палач помчался стрелой.

В эту минуту голова Кота стала исчезать и к тому времени, когда Палач вернулся с Герцогиней, исчезла вовсе. Король и Палач дико бегали взад и вперёд, ища, куда могла деться голова Кота, а все остальные вернулись к игре.

Глава IX

История
Фальшивой Черепахи

«Ты представить себе не можешь, как я рада видеть тебя опять, милочка!» сказала Герцогиня, нежно продевая свою руку под руку Алисы и отходя вместе с ней в сторону.

Алиса очень обрадовалась, найдя Герцогиню в таком приятном расположении духа, и решила, что её свирепость во время их первой встречи объясняется, вероятно, только обилием перца.

«Когда я буду герцогиней,» сказала она себе (впрочем, довольно безнадёжно), «я совсем не буду держать у себя на кухне перца. Суп можно прекрасно есть и без него. Может быть, вообще причиной раздражения у людей служит перец,» продолжала она, страшно радуясь тому, что нашла что-то вроде нового правила. «А кислыми делает людей уксус. А горькими—горчица. А леденцы и тому подобные вещи делают детей нежными и сладкими. Я бы хотела только, чтобы все поняли это, тогда они не стали бы придираться…»

За этими рассуждениями она совершенно позабыла про Герцогиню и даже вздрогнула, когда услышала её голос над самым ухом: «Ты о чём-то думаешь, дитя моё, и это отвлекает тебя от разговора. Я не могу сказать тебе именно сейчас, какая отсюда вытекает моралаь, но как только вспомню—скажу.»

«А может быть, здесь нет никакой морали,» рискнула сказать Алиса.

«Вздор, дитя моё, вздор!» возразила Герцогиня. «Мораль есть во всём, только нужно уметь её найти.» И, говори так, она ещё теснее прижалась к Алисе.

Алисе такая близость весьма не нравилась: во-первых, потому что Герцогиня была *слишком* безобразна, и во-вторых, потому что она была как раз такого роста, чтобы класть подбородок ей на плечо,—а подбородок у Герцогини был чрезвычайно острый. Однако, чтобы не показаться грубой, Алиса терпела это сколько могла.

«Игра идет теперь намного лучше,» сказала она, чтобы поддержать как нивуль разговор.

«Это верно,» подтвердила Герцогиня. «А мораль отсюда: „Чем ночь темней, тем ярче звёзды!“»[42]

«Звёзды ярче зимою,» прошептала Алиса, не вполне уверенная в правильности своих астрономических познаний.

«Я это и говорю,» сказала Герцогиня, вдавливая подбородок ещё глубже в плечо Алисы, и добавила: «А мораль отсюда: „Всяк сверчок знай свой шесток“.»

«Как она любит из всего выводить мораль!» подумала Алиса.

«Смею сказать, ты удивлена тем, что я не обняла тебя за талию?» сказала Герцогиня по сле паузы. «Дело в том, что я не уверена в миролюбии твоего фламинго. Впрочем, может быть, попробовать?»

«Он может укусить!» поспешно ответила Алиса, не чувствуя никакой склонности к объятиям Герцогини.

«Правильно!» сказала Герцогиня. «Фламинго и горчица—оба кусаются, а мораль отсюда: „Видна птица по полёту“.»

«Только горчица не птица!» заметила Алиса.

«Резонно, как всегда!» сказала Герцогиня. «Как ты прекрасно разбираешься в вещах!»

«Горчица, мне кажется, минерал,» сказала Алиса.

«Разумеется, минерал!» ответила Герцогиня, которая, казалось, соглашалась с чем угодно. «Здесь поблизости находятся богатейшие горчичные шахты. А мораль отсюда: „Раз делаешь шах ты, делай и мат“.»[43]

«Ах нет, я вспомнила!» вскричала Алиса, не вслушавшаяся в последние слова Герцогини. «Горчица—растение. Она не похожа на растение, но она—растение.»

«Совершенно с тобой согласна,» заявила Герцогиня. «А мораль отсюда: „Будь тем, чем ты кажешься!“ или, говоря проще: „Никогда не воображай себя не тем, чем ты могла бы показаться окружающим, если бы то, чем ты была или могла бы быть, было иным, нежели то, что ты есть или кажешься в действительности“.»

«Мне кажется, я поняла бы вас лучше, если бы записала то, что вы сказали,» заметила Алиса чрезвычайно учтиво. «А сейчас мне трудно уследить за тем, что вы говорите.»

«Это ничто по сравнению с тем, что я могу сказать, если захочу!» скромно сказала Герцогиня.

«Пожалуйста, не затрудняйте себя ещё более длиными фразами!»

«Ах, не говори мне о трудностях!» сказала Герцогиня. «Я дарю тебе всё, что было сказано до сих пор.»

«Дешёвый подарок!» подумала Алиса. «Хорошо, что такие подарки не принято делать на именины». Но она не рискнула сказать это вслух.

«Опять задумалась?» перебила Герцогиня, делая новый нажим своим остроконечным подбородком.

«Я имею полное право думать!» резко заявила Алиса, потому что ей это стало уже надоедать.

«Точно такое же право,» сказала Герцогиня, «как коза—летать. А мора…»

Но тут, к глубокому изумлению Алисы, голос Герцогини прервался на середине любимого слова и рука, обвивавшая её талию, задрожала. Алиса взглянула: перед ними стояла Королева, со сложенными на груди руками, мрачная, как грозовая туча.

«Прекрасный день, ваше величество!» начала было Герцогиня тихим голосом.

«Вот что: даю тебе последний шанс!» завопила Королева, топая ногой «Или ты, или твоя голова должны исчезнуть раньше, чем я кончу говорить. Делай выбор!»

Герцогиня сделала выбор и исчезла в указанный срок.

«Будем продолжать игру!» сказала Королева Алисе, и та, слишком испуганная всем происшедшим, молча последовала за ней на площадку.

Остальные гости воспользовались отсутствием Королевы и расположились на отдых в тени. Но в тот момент, как они заметили Королеву, они немедленно поспешили занять свои места—причём Королева не преминула обронить, что минута промедления будет стоить им жизни.

Всё время, пока длилась игра, Королева не переставала ссориться со своими гостями и орать: «Отрубить ему голову! Отрубить ей голову!». Те, кого она приговаривала, немедленно уводились солдатами, которым, разумеется, приходилось поступаться своими обязанностями «ворот». Так что не прошло и получаса, как на площадке не осталось ни одних ворот, а все игроки, за исключением Короля, Королевы и Алисы, находились в заключении и под угрозой смертной казни.

Королева наконец успокоилась (совершенно выбившись из сил) и спросила Алису: «Ты ещё не видала Фальшивой Черепахи?»[44]

«Нет!» сказала та. «Я даже не знаю, что такое Фальшивая Черепаха»

«Это то, из чего делают черепаховый суп,» сказала Королева.

«Я ни разу не видала её и не слыхала о ней!» сказала Алиса.

«Тогда идём,» сказала Королева, «и пусть она расскажет тебе свою историю.»

Когда они уходили, Алиса слышала, как Король тихо сказал всем заключённым:

«Вы прощены.» «Ну вот, это дело!» подумала Алиса, потому что многочисленность смертных приговоров её сильно удручала.

Вскоре они набрели на Грифона, крепко спавшего на солнце. (Если вы не знаете, что такое Грифон, поглядите на картинку в начале этой главы.) «Вставай, ленивое животное,» сказала Королева, «и своди молодую девицу к Фальшивой Черепахе. Пусть та расскажет ей свою историю. А мне надо вернуться, чтобы присмотреть за выполнением кое-каких приговоров…» И она ушла, оставив Алису наедине с Грифоном. Вид его был не особенно по душе Алисе, но она решила, что остаться с ним будет нисколько не опаснее, нежели последовать за кровожадной Королевой. И она стала ждать.

Грифон сел на задние лапы и протёр глаза; потом стал смотреть вслед Королеве, пока та не скрылась из виду; затем фыркнул. «Потеха!» сказал он наполовину про себя, наполовину в сторону Алисы.

«Что—потеха?» спросила Алиса.

«Она, конечно!» сказал Грифон. «Это всё её фантазия. У нас никогда никого не казнят. Ну, идём!»

«Все до единого говорят здесь: идём!» подумала Алиса, медленно следуя за Грифоном. «Мною ещё никогда нигде так не командовали, как здесь… Никогда!»

Пройдя небольшое расстояние, они заметили в отдалении Фальшивую Черепаху, которая сидела на камне в печальном одиночестве. С каждым шагом Алиса слышала всё явственнее, как из её груди вырываются душу раздирающие вздохи. «Почему она в таком горе?» спросила Алиса у Грифона, и Грифон ответил почти теми же словами, что раньше: «Это всё её фантазия! У ней нет ровно никакого горя. Идём!»

Так они подошли к Фальшивой Черепахе, которая взглянула на них большими, полными слёз глазами, но не сказала ни слова.

«Вот эта вот молодая девица,» сказал Грифон, «хочет узнать твою историю.»

«Я расскажу ей!» произнесла Фальшивая Черепаха глухим загробным голосом. «Сядьте оба и не перебивайте меня, пока я не кончу.»

Они уселись, и в течение нескольких минут никто не произнёс ни слова. Алиса подумала: «Не вижу, как она может когда-нибудь кончить, раз она и не собирается начинать». Но продолжала терпеливо ждать.

«Некогда,» начала наконец с глубоким вздохом Фальшивая Черепаха, «я была Настоящей Черепахой.»

За этими словами последовало долгое, долгое молчание, прерываемое изредка восклицаниями Грифона, похожими на «Гжкхр!», и непрекращающимися рыданиями Фальшивой Черепахи. Алисе очень хотелось встать и сказать: «Благодарю вас, сударыня, за ваш чрезвычайно интересный рассказ.» Но она не переставала надеяться, что у начала всё-таки будет продолжение, так что сидела смирно и молчала.

«Когда мы были детьми,» продолжала наконец Фальшивая Черепаха уже более спокойно, хотя время от времени у неё и прорывались рыдания, «мы ходили в лучшую морскую школу, хотя ты этому не поверишь...»

«Я верю!» сказала Алиса.

«Не верю!» сказала Фальшивая Черепаха.

«Придержи язык!» сказал Грифон, прежде чем Алиса успела раскрыть рот для возражения.

Фальшивая Черепаха продолжала:

«Нам дали самое лучшее воспитание. В самом деле, мы посещали школу ежедневно…»

«Я тоже ходила в школу каждый день, пока не наступили каникулы,» заявила Алиса. «Здесь нечем гордиться!»

«С необязательными предметами?» спросила Фальшивая Черепаха, насторожившись.

«С необязательными,» сказала Алиса. «Нас учили французскому языку и музыке.»

«А стирке?» спросила Фальшивая Черепаха

«Конечно, нет!» воскликнула Алиса презрительно.

«В таком случае твоя школа не была самой лучшей!» сказала Фальшивая Черепаха тоном глубокого облегчения. «В нашей программе значилось: необязательные предметы—французский, музыка и стирка—за особую плату.»

«Едва ли вы очень нуждались в стирке,» заметила Алиса, «раз вы жили на дне моря.»

«Я не могла позволить себе роскошь изучать необязательные предметы!» со вздохом сказала Фальшивая Черепаха. «Я проходила только обязательный курс.»

«Из чего он состоял?» полюбопытствовала Алиса.

«Во—первых, нас учили чихать и пищать,»[45] ответила Фальшивая Черепаха. «Потом четырём действиям арифметики: свержению, почитанию, уважению и дивлению.»[46]

«Я ни разу не слышала о „дивлении“,» рискнула вставить Алиса. «Что это такое?»

Грифон в знак протеста даже поднял обе лапы. «Ни разу не слышала о „дивлении“?» воскликнул он. «А об „удивлении“ ты слыхала?»

«Конечно,» сказала Алиса.

«Это то же самое, только без „у“,» сказал Грифон. Недогадлива же ты, доложу я.»

Алисе не захотелось после этого продолжать на ту же тему и она снова обратилась к Фальшивой Черепахе: «Чему ещё вас учили?»

«Ещё там был учитель рискования,» ответила Черепаха, «он преподавал нам все три отрасли: рискование, терпение и расспрашивание масляными глазками.»[47]

«На что это было похоже?» спросила Алиса.

«Увы, я не могу показать тебе это сама!» ответила Фальшивая Черепаха. «Мои глаза потускнели от слёз. А Грифона никогда не учили этому.»

«Некогда было!» сказал Грифон. «Я, впрочем, ходил к учителю-классику. Это был старый Крабб—очень старый.»

«Мне не пришлось у него учиться!» сказала Фальшивая Черепаха с новым вздохом. «Я только слышала, что он читал историю с парты.»[48]

«Для этого не нужно быть классиком!» пренебрежительно сказала Алиса. «Нам читала историю Спарты самая обыкновенная учительница.»

«С какой парты она вам её читала?» поспешно спросил Грифон. «С первой или с последней?

«Вы меня не поняли!» кротко возразила Алиса. «Она читала её с кафедры.»

«Вот видишь!» с торжеством сказал Грифон. «Для этого действительно не нужно быть классиком. Классик должен быть возможно ближе к классу. А парта ближе к классу, чем кафедра, а?»

Такая постановка вопроса снова запутала Алису и она поспешила переменить тему.

«А стихи наизусть вы учили?» спросила Алиса.

«Ещё бы,» сказала Фальшивая Черепаха. «Мы обычно начинали их учить все хором: сначала—первый стих, потом—второй стих, потом—третий стих… когда, бывало, все стихнут, урок считался выученным.»[49]

Такой взгляд на поэзию и её изучение был новостью для Алисы. Она несколько минут обмозговывала его, прежде чем высказать своё мнение.

«Но в таком случае,» сказала она, «лучшим способом учить стихи было молчать с самого начала.»

«Так оно и было,» сказала Фальшивая Черепаха.

«Но в таком случае…» начала снова Алиса.

«Довольно о стихах!» перебил её весьма решительно Грифон и добавил, обратившись к Фальшивой Черепахе: «Расскажи ей теперь об играх!»

Глава X

Кадриль Весёлых Раков [50]

Фальшивая Черепаха испустила глубокий вздох и закрыла одним из плавников глаза. Она попробовала заговорить, но из её горла вылетели только отрывистые рыдания. «Это вроде как если бы она подавилась!» сказал Грифон и стал трясти её, давая ей время от времени подзатыльник. Наконец дар речи снова вернулся к Фальшивой Черепахе, и она начала говорить (в то время как целые потоки слез текли по её щекам).

«Может быть, тебе не приходилось очень долго жить на дне моря…» («Совсем не приходилось!» вставила Алиса.) «…и, может быть, ты ни разу не была представлена Раку…» («Я однажды попробовала…» начала было Алиса, но тут же осеклась и сказала: «Нет, ни разу!») «…так что ты не имеешь ни малейшего предсталаении о том, что такое Кадриль Весёлых Раков.»

«Вы совершенно правы, ни малейшего!» сказала Алиса. «Что это за танец?»

«Ну,» сказал Грифон, «сначала вы выстраиваетесь а одну прямую лииию на берегу моря...»

«В две линии!» вскричала Фальшивая Черепаха. «Тюлени, черепахи, лососи и тому подобное. Потом, очистив берег от камней и раковин...»

«Что обычно отнимает порядочно времени,» вставил Грифон.

«...делаете два шага вперёд...»

«Все прочие—за дам, раки—за кавалеров!» вставил Грифон.

«Разумеется!» подтвердила Фальшивая Черепаха. «Делаете два шага вперед, повёртываетесь лицом друг к другу...»

«...меняетесь раками,» подхватил Грифон, «и делаете два шага назад в том же порядке.»

«Затем,» продолжала Фальшивая Черепаха, «вы швыряете в море...»

«Раков!» завопил Грифон, делая прыжок в воздух.

«...так далеко, как только бы можете...»

«Бросатесь туда же и плывёте за ними!» взвизгнул Грифон.

«Перевёртываетесь в воде через голову!» вскричала Фальшивая Черепаха, подпрыгнув.

«Снова меняетесь раками!» проревел Грифон.

«Мчитесь снова на берег—и вот вся первая фигура!» закончила Фальшивая Черепаха неожиданно упавшим голосом. И оба они, только что делавшие бешеные прыжки и визжавшие от восторга, замолкли и мрачно уселись, печально глядя на Алису.

«По-видимому, это очень хорошенький танец!» сказала робко Алиса.

«Может быть, ты хочешь взглянуть, как его танцуют?» спросила Фальшивая Черепаха,

«Очень хочу!» сказала Алиса.

«Давай, попробуем первую фигуру!» сказала Фальшивая Черепаха Грифону. «Мы можем обойтись и без раков на этот раз. Кто будет петь?»

«Пой ты!» сказал Грифон. «Я позабыл слова.»

И вот они начали танцевать с совершенно серьёзным видом и очень важно вокруг Алисы, время от временя наступая ей на ноги и размахивая передними лапами, чтобы не сбиться с такта. Причём Фальшивая Черепаха заунывно и без всякого выражении подпевала:—[51]

«*Сказала устрица угрю:*
„Наш вкус так одинаков,
Что я горю и вам дарю
Кадриль Весёлых Раков!“
Был угорь бравым молодцом
И ловко извернулся:
Не мог свернуть руки кольцом—
Так сам в кольцо свернулся.

Раз! раз! раз!
Вот так пляс!

Вправо, влево, влево, вправо
Уж забава так забава!
Из-под ног клубами пыль—

Ай, кадриль!
Ну, кадриль!

Сказала устрица угрю
И вся зарделась ало:
„Благодарю! Благодарю!
Мерси! я так устала!
Мне этот танец не впервой,
Но всё ж я утомилась!“–
Угрю кивнула головой
И в раковину скрылась.

Раз, раз, раз!
Вот так пляс!

Влево, вправо, вправо, влево—
В такт весёлого напева!
Всё на свете прах и гниль—

Но кадриль
Есть кадриль!

Был угорь очень-очень мил
И, не вдаваясь в драму,
Он тут же ловко подхватил
Себе другую даму.
Тряхнул лихою головой,
Взъероша клубы пыли—
И вот уж с юною треской
Несётся он в кадрили!

Раз, раз, раз!
Вот так пляс!

Вправо, влево, влево, вправо—
Бис и браво! Бис и браво!
Слышно на пять добрых миль:

„Ай, кадриль!“
„Ну, кадриль!“»

«Благодарю вас, это очень, очень интересный танец,» сказала Алиса, обрадовавшись, что он наконец окончился. «И мне очень, очень понравилась ваша прелестная песня про угрей.»

«Что касается угрей,» сказала Фальшивая Черепаха, «то они... тебе, конечно, приходилось их видеть?»

«Конечно,» сказала Алиса. «Я видела их неоднократно за обе...» Тут она спохватилась и осеклась.

«Я не знаю, где находится это „обе“, про которое ты говоришь,» сказала Фальшивая Черепаха, «но раз ты видела угрей неоднократно, ты, конечно, знаешь, на что они похожи.»

«Думаю, что знаю,» сказала Алиса. «Они свёрнуты кольцами и осыпаны сухарями.»

«Насчёт сухарей ты ошиблась,» заметила Фальшивая Черепаха, «их всё равно смыло бы в море. Но они действительно свёрнуты кольцами, и причина этого…» Тут Фальшивая Черепаха зевнула и закрыла глаза. «Объясни ей причину этого,» сказала она Грифону.

«Причина в том,» сказал Грифон, «что они танцевали Кадриль Весёлых Раков. Что их швыряли в море. Что им пришлось лететь очень долго. Что они свернулись для удобства кольцами. Что они так сжались, что не могли уже больше выпрямиться. Вот всё.»

«Спасибо!» сказала Алиса. «Это очень интересно. Я ещё ни разу не слыхала ничего подобного про угрей.»

«Я могу рассказать тебе про них ещё, если хочешь,» сказал Грифон. «Как по-твоему, почему их никто терпеть не может?»

«Мне никогда не приходило в голову справиться об этом,» сказала Алиса. «Почему же?»

«Потому что они портят физиономию,» сказал Грифон с не допускающим возражения видом.

Алиса была озадачена больше, чем когда-либо. «Портят физиономию?» повторила она в полном недоумении.

«Чрезвычайно,» сказал Грифон. «Очевидно, у тебя никогда не было угрей![52] Иначе ты знала бы это.»

«Вообще говоря,» вставила Фальшивая Черепаха, «барышня уже многое слышала о нас, но мы ничего не слышали о барышне.»

«Чрезвычайно!» вскричал Грифон. «Расскажи нам твои приключения.»

«Я могла бы рассказать вам мои приключения,» неуверенно сказала Алиса, «но я могу рассказать только о том, что случилось сегодня утром. Нет никакого смысла возвращаться ко вчерашнему дню—потому что вчера я была совсем другим лицом.»

«Объяснись!» сказала Фальшивая Черепаха.

«Нет! Нет! Сначала приключения!» перебил нетерпеливо Грифон. «Объяснения обычно отнимают слишком много времени.»

И вот Алиса стала рассказывать им свои приключения начиная с того момента, кога она впервые увидела Белого Кролика. Сначала ей было несколько не по себе, потому что оба зверя подсели к ней поближе и широко раскрыли свои глаза и пасти. Но понемногу она приободрилась. Её слушатели хранили полное молчание до того места рассказа, где Алиса декламирует Гусеничному Червяку *Стрекозу и Муравья*, причём все слова выходят шиворот-навыворот.

Тут Фальшивая Черепаха не вытерпела и сказала: «Это любопытно!»

«Это чрезвычайно любопытно!» подтвердил Грифон.

«Все слова выходили шиворот-навыворот?» в раздумии повторила Черепаха. «Я хотела бы, чтобы она продекламировала что-нибудь. Вели ей.» И она посмотрела на Грифона, как будто считала его чем-то вроде начальства над Алисой.

«Встань и прочти „*Лебедь, Рак да Щука*“,»[53] сказал Грифон.

«Как эти создания любят командовать и заставлять повторять уроки!» подумала Алиса. «Я могла бы с таким же успехом пойти сегодня в школу». Тем не менее она встала и начала декламировать, но её голова была так полна «*Кадрилью Весёлых Раков*», что слова выходили ещё более шиворот-навыворот, чем раньше:—

«Однажды Лебедь, Рак да Щука,
Решив, что танцы вещь, а остальное гиль,[54]
Затеяли сплясать кадриль:
Казалось бы, нетрудная наука—
Руками взяться за бока
И задавать под пенье ходу!
Но Лебедь рвётся в облака,
Рак пятится назад, а Щука тянет в воду...»

«Это не похоже на то, что мне приходилось слышать в детстве!» сказал Грифон.

«Я этого ни разу не слышала!» сказала Фальшивая Черепаха. «И вообще это полная бессмыслица!»

Сама Алиса ничего не сказала. Она сидела, спрятав лицо в передник, и грустно размышляла, пойдёт всё когда-нибудь как следует или нет.

«Я бы хотела, чтобы она объяснила нам это,» сказала Фальшивая Черепаха.

«Она не может объяснить,» сказал Грифон. «Читай дальше!»

«Какой смысл читать дальше эту дребедень,» сказала Фальшивая Черепаха, «раз её не можешь даже объяснить? Это только забивает голову.»

«Правильно. Не читай дальше!» сказал Грифон, к великой радости самой Алисы.

«Может быть, мы проделаем еще одну фигуру кадрили?» продолжал Грифон. «Или ты предпочитаешь, чтобы Фальшивая Черепаха спела тебе песню?»

«Ах, пожалуйста, песню, если вы будете так добры!» вскричала Алиса с такой поспешностью, что Грифон обиженно заметил: «Гм… О вкусах не спорят, конечно! Спой ей, старуха, „Черепаховый суп!“»

Фальшивая Черепаха испустила глубочайший вздох и начала петь голосом, прерываемым рыданиями:—

«Черепаховый суп, фешенебельный суп,[55]
Из протёртой телячьей головки и круп,
Суп воздушней, чем крем, суп нежней, чем пюре,
Суп обедов, приёмов, балов, суаре,—
Только тем, кто ужасно наивен и глуп,
Не понравишься ты, черепаховый суп!
Фешенебельный суп!
Черепа—ахо—овый су—уп!
Черепаховый,
аховый,[56]
аховый
су—у—у—уп!»

«Повторить припев!» заревел Грифон, но едва Фальшивая Черепаха приступила к его повторению, как отдалённый крик «Суд начинается!» долетел до их слуха.

«Идём!» вскричал Грифон, схватил Алису за руку и помчался, не дожидясь конца песни.

«Что… это… за суд?» могла только произнести Алиса, задыхаясь от быстрого бега. Но Грифон ответил только: «Идём!»—и побежал ещё быстрее, в то время как издали всё слабее и слабее доносилось:—

«Фешенебельный суп!
Черепа–ахо–овый су–уп!
Черепаховый,
аховый,
аховый
су–у–у–уп!»

Глава XI

Кто Украл Ватрушки?

Когда Грифон и Алиса добежали до места, где должжен был происходить суд, Король и Королева Червей сидели уже на своих тронах, а кругом них толпилось великое множество всяких созданий. Тут были все породы и виды маленьких птичек и зверьков, а также и вся колода карт. Впереди находился Червонный Валет, закованный в кандалы и охраняемый двумя солдатами—справа и слева. Подле короля стоял Белый Кролик с трубой в одной руке и свитком пергамента в другой. А в самой середине судилища находился стол с большим блюдом ватрушек с земляникой, которые выглядели так аппетитно, что у Алисы потекли слюнки. «Уж скорей бы они кончили суд,» подумала она, «и приступили к угощению!» Но так как суд, по-видимому, грозил затянуться надочо, она стала внимательно рассматривать всё окружающее, чтобы как-нибудь убить время.

Алиса никогда раньше не была на суде, но она читала о нём в книжках, и ей было приятно сознавать, что она знает названия почти всех окружающих её лиц и предметов. «Это судья из сказки,» сказала она себе, «потому что только в сказках судьи носят такие глупые парики.»[57]

Судьёю, кстати сказать, был сам Король. И так как он надел поверх парика ещё и корону (поглядите на следующую страницу, если вы хотите видеть, как он это сделал), то имел очень стеснённый и смешной вид.

«А это скамья присяжных,» мысленно отметила Алиса. «А эти двенадцать созданий (она была вынуждена сказать: «созданий», потому что частью это были зверьки, а частью птички), очевидно, и есть присяжные заседальщики». Последнее слово она повторила про себя раза два или три, очень гордясь им,—потому что, как она не без основания полагала, немногие из девочек её возраста знали все эти вещи. Но, между нами говоря, «заседатели» звучало бы нисколько не хуже, чем «заседальщики».

Все двенадцать присяжных старательно писали что-то на аспидных досках. «Что это они делают?» спросила Алиса шёпотом у Грифона. «Ведь им ещё нечего записывать, раз суд не начался.»

«Они записывают свои имена,» ответил Грифон тоже шёпотом, «потому что боятся, что забудут их, прежде чем суд кончится.»

«Глупые создания!» начала было Алиса громким негодующим голосом, но быстро осеклась, потому что Белый Кролик закричал: «Молчать в зале суда!» А Король нацепил на нос очки и стал внимательно вглядываться, чтобы выяснить, кто осмелился разговаривать.

Алиса видела со своего места, что все двенадцать присяжных записали на своих досках: «глупые создания,» а один даже спросил у своего соседа, как пишется слово «создания». «Хорошенький вид будут иметь их доски к концу суда!» подумала Алиса.

У одного из присяжных грифель пронзительно визжал. Этого Алиса не могла выдержать. Она обошла зал суда, подошла к нему сзади и, улучив удобный момент, выхватила у него грифель. Она сделала это так быстро, что бедный присяжный (это был Яша) никак не мог понять, что с ним произошло. После долгих и безуспешных поисков он оказался вынужденным писать до конца суда пальцем—что приносило мало пользы, так как палец не оставлял на аспидной доске никаких следов.

«Глашатай, прочтите обвинительный акт!» произнёс Король.

При этих словах Белый Кролик трижды протрубил, развернул свиток пергамента и прочёл:—

«Королева Червей, ожидая гостей,
Испекла с земляникой ватрушки,
А Червонный Валет—он украл их чуть свет
И припрятал в лесу на опушке…»

«Объявите ваш приговор!» сказал Король присяжным.

«Ещё не сейчас! Ещё не сейчас!» поспешно прервал его Кролик. «Приговор будет в самом конце.»

«Вызвать первого свидетеля!» сказал Король. Белый Кролик протрубил ещё три раза в рог и провозгласил: «Первый свидетель.»

Первый свидетель был Шляпочник. Он явился с чашкой в одной руке и бутербродом в другой. «Прошу прощения у вашего величества,» начал он, «что являюсь в таком виде. Но я не успел кончить пить чай, когда за мной явились.»

«Ты должен был его кончить,» сказал Король. «Когда начал?»

Шляпочник посмотрел на Зайца, который тоже явился в суд под руку с Соней. «Мне кажется, это было 14-го марта.»

«15-го,» сказал Заяц.

«16-го,» сказала Соня.

«Запишите это,» сказал Король присяжным, и присяжные тщательно записали на своих досках все три числа, сложили их и превратили сумму в рубли и копейки.[58]

«Сними твою шляпу!» сказал Король Шляпочнику.

«Она не моя!» возразил Шляпочник.

«*Украдена*!» завопил Король, поворачиваясь к присяжным, которые немедленно записали и это.

«Я держу их для продажи,» добавил Шляпочник в виде пояснения. «Своих лично у меня нет. Я—Шляпочник.»

Тут Королева нацепила на нос очки и уставилась на Шляпочника. Последний побледнел и затрясся.

«Давай свои показания,» сказал Король. «Да не нервничай, а не то я велю казнить тебя на месте.»

Это заявление не произвело на свидетеля ободряющего действия. Он продолжал переминаться с ноги на ногу, следил с беспокойством за Королевой и от волнения откусил большой кусок чашки вместо бутерброда.

Как раз в эту минуту Алиса почувствовала себя очень странно. Долгое время она не могла понять, в чём было дело, но наконец сообразила: она стала снова увеличиваться в росте. Сначала она хотела подняться и оставить судебный зал, но затем решила остаться до тех пор, пока ей будет хватать места.

«Было бы хорошо, если бы ты не нажимала так на меня!» прохрипела Соня, сидевшая с ней рядом. «Я едва дышу.»

«Не могу ничем помочь этому,» кротко сказала Алиса. «Я расту.»

«Ты не имеешь права расти здесь!» заявила Соня.

«Нечего говорить вздор!» уже смелее сказала Алиса. «Вы ведь тоже растёте, знаете.»

«Да. но я расту постепенно,» сказала Соня, «а не сразу. Это даже смешно.» И Соня угрюмо поднялась и перешла на другую сторону судебного зала.

Всё это время Королева не переставала пристально глядеть на Шляпочника, и в тот самый момент, когда Соня меняла место, она обратилаась к одному из придворных: «Принесите мне список лиц, певших на последнем концерте.» При этих словах злосчастный Шляпочник затрясся так сильно, что башмаки свалились у него с ног.

«Давай твои показания!» повторил сердито Король. «Не то я прикажу тебя казнить независимо от того, нервничаешь ты или нет.»

«Я бедный человек, ваше величество!» начал Шляпочник дрожащим голосом. «И я едва начал чаепитие—так с неделю тому назад, а бутерброды делаются всё тоньше и тоньше—а чижик-пыжик...»

«Какой чижик-пыжик?» спросил Король.

«Обы... обыкновенный!» пояснил Шляпочник, дрожа еще больше.

«Разумеется, обыкновенный!»[59] сердито вскричал Король. «За кого ты меня принимаешь?»

«Я бедный человек!» продолжал Шляпочник. «А Заяц сказал...»

«Я не говорил!» с большой поспешностью заявил Заяц.

«Ты сказал!» возразил Шляпочник.

«Я это отрицаю!» завопил Заяц.

«Он это отрицает,» сказал Король. «Пропусти это место в показаниях.»

«Ну, во всяком случае, Соня сказала...» продолжал Шляпочник, тревожно оглядываясь, чтобы убедиться, будет ли Соня тоже отрицать его слова. Но Соня ничего не отрицала, потому что спала как убитая.

«После чего,» продолжал Шляпочник, «я отрезал ещё хлеба и намазал его маслом...»

«Но что же сказала Соня?» спросил один из присяжных.

«Этого я не помию!» сказал Шляпочник.

«Ты должен вспомнить!» заявил Король. «Или я велю тебя казнить.»

Несчастный Шляпочник выронил из рук чашку с чаем и бутерброд и опустился на одно колено. «Я бедный человек, Ваше Величество!» начал он опять.

«Ты *очень* бедный, только не человек, а *оратор*!» сказал Король.

Тут одна из морских свинок попыталась было аплодировать, но эта попытка была немедленно подавлена. (Так как вы, вероятно, не знаете, как *подавляются* попытки произвести беспорядок на суде, я вам сейчас объясню. Они взяли большой холцовый мешок, сунули туда морскую свинку, завязали отверстие шнурком и сели на неё. Морская свинка была подавлена вместе со всеми своими попытками.)

«Хорошо, что я наконец узнала, как это делается!» думала Алиса. «Я очень часто слышала от старших: „Со стороны публики были попытки аплодисментов, которые были немедленно подавлены,“ но я не понимала до сих пор, как это делается».

«Если это всё, что ты знаешь по этому делу,» сказал Король, «ты можешь удалиться.»

«Я... я...» забормотал Шляпочник, растерявшись от неожиданно счастливого исхода.

«Если ты не хочешь удалиться,» сказал Король, «ты можешь приблизиться.»

Тут вторая морская свинка зааплодировала и тоже была подавлена.

«Так как морских свинок больше не осталось,» подумала Алиса, «суд должен пойти быстрее.»

«Я бы предпочёл пойти и допить свой чай!» сказал Шляпочник, с беспокойством глядя на Королеву, которая всё ещё изучала принесённый ей список певцов.

«Ты можешь идти!» сказал Король, и Шляпочник бросился бежать, даже не надев башмаков.

«...да отрубите ему там голову!» добавила Королева. но Шляпочник исчез из виду прежде, чем она успела договорить.

«Вызвать следующего свидетеля!» сказал Король.

Следующим свидетелем была Кухарка Герцогини. У ней в

руках была перечница, и по тому как стоявшая снаружи публика расчихалась, Алиса догадалась, что это была именно она, прежде чем та появилась.

«Дай твои показания!» сказал Король.

«Не дам!» сказала Кухарка.

Король озабоченно посмотрел на Белого Кролика, и последний тихо шепнул ему: «Ваше Величество должны подвергнуть эту свидетельницу перекрёстному допросу.»

«Что ж, раз должен, значит должен,» сказал с меланхолическим видом Король и, сложив на груди руки и нахмурившись до такой степени, что совсем не стало видно его глаз, произнёс глухим голосом: «Из чего делаются ватрушки?»

«Главным образом из перца,» ответила Кухарка.

«Из патоки!» сказала сквозь сон Соня.

«За шиворот Соню!» завопила Королева. «Оторвите ей голову! Выгоните её из зала суда! Подавите её! Ущипните её! Вырвите ей по волоску шерсть!»

Несколько минут в суде стоял содом,[60] пока исполнялись одновременно все разнообразные приказания Королевы по отношению к Соне. А когда всё было кончено, оказалось, что Кухарка исчезла.

«Ничего!» сказал Король с чувством облегченил «Позовите следующсго свидетеля!» И он добавил вполголоса, обратившись к Королеве: «Знаете, моя дорогая, следующего свидетеля должны подвергнуть перекрёстному допросу вы. У меня уже голова разболелась.»

Алиса наблюдала за Белым Кроликом, пробегавшим глазами список, и загадывала, кем окажется следующий свидетель. «Потому что до сих пор они получили немного показаний!» рассуждала она. Но представьте себе её изумление, когда Белый Кролик возгласил на самых высоких нотах своего пронзительного голоса: «*Алиса.*»

Глава XII

Алиса—Свидетельница

«Здесь!» вскричала Алиса, забыв впопыхах, как она сильно выросла за последние минуты. Она так поспешно вскочила на ноги, что подолом юбки перевернула скамью присяжных. Несчастные заседатели свалились на головы находящейся внизу публики и беспомощно ползали по полу, напоминая Алисе рыбок из опрокинутого ею на днях аквариума.

«Ах, извините!» воскликнула она, страшно смутившись, и стала поднимать их возможно скорее. Случай с аквариумом припомнился ей так живо, что Алисе показалось, что, если не положить их немедленно на место, они погибнут.

«Суд не может продолжаться,» сказал Король чрезвычайно сурово, «пока все присяжные не будут водворены на надлежащие места—все!» добавил он с ударением, строго глядя на Алису.

Алиса взглянула на скамью подсудимых и увидела, что второпях она поставила Яшу вверх ногами, и несчастная ящерица, не умея перевернуться, беспомощно и печально помахивала хвостиком. Она сразу же извлекла её и водворила на место головой вверх. «Впрочем,» подумала она, «это не имеет ровно никакого значения. Её присутствие одинаково не нужно суду, в каком бы положении она ни находилась.»

Как только присяжные оправились от несчастного случая, а их доски и грифели были разысканы и вручены по принадлежности, они стали старательно и подробно записывать всё происшедшее. Исключением была только злосчастная ящерица, которая казалась слишком потрясённой, чтобы делать что-либо. Она продолжала сидеть, раскрыв рот, и глядеть не мигая на потолок.

«Что ты знаешь по этому делу?» спросил Алису Король.

«Ничего,» сказала Алиса.

«Ничего *решительно?*» продолжал настаивать Король.

«Ничего решительно!» сказала Алиса.

«Это очень существенно!» сказал Король, поворачиваясь к присяжным. Но только они начали быстро-быстро записывать это на досках, как вмешался Белый Кролик. «Ваше Величество хотели, конечно, сказать „несущественно“!» заметил он чрезвычайно почтительно, но хмурясь и делая в сторону Короля гримаеы.

«Разумеется, я хотел сказать: „несущественно“,» поспешно сказал Король и начал повторять вполголоса: „Существенно—несущественно—несущественно—существенно“,» как будто хотел выяснить, какое слово звучит лучше.

Некоторые из присяжных записали «существенно», а некоторые: «несущественно». Алиса видела это, потому что стояла достаточно близко. «Впрочем, это не имеет ровно никакого значения!» подумала она.

В эту минуту Король, который что-то старательно писал в своей памятной книжке, заявил: «Молчание!» и прочёл: «Правило сорок второе. *Все лица более чем с версту*[61] *ростом должны оставить суд.*»

Взгляды всех присутствующих обратились на Алису.

«Я не с версту ростом!» сказала она.

«Нет, с версту!» возразил Король.

«Около двух вёрст!» прибавила Королева.

«Во всяком случае, я не уйду!» сказала Алиса. «Кроме того, это не основное правило. Вы его только что выдумали.»

«Это самое старое правило в книге,» заявил Король.

«Тогда оно должно было бы называться „Правило первое“,» возразила Алиса.

Король побледнел и поспешно захлопнул памятную книжку. «Обсудите приговор!» сказал он присяжным тихо и с дрожью в голосе.

«Есть ещё новые показания, если это будет угодно вашему величеству!» сказал Белый Кролик, вскакивая с особой поспешностью. «Только что найдена вот эта бумажка.»

«Что в ней?» спросила Королева.

«Я ещё не успел её вскрыть,» сказал Белый Кролик, «но, по-видимому, это письмо, написанное подсудимым кому-то.»

«Оно несомненно написано им кому-то,» сказал Король, «если только оно не написано никому. А этого, знаете, не бывает.»

«Кому оно адресовано?» спросил один из присяжных.

«На нём совсем нет адреса,» сказал Белый Кролик. «Вообще говоря, *снаружи* на нём ничего не написано.» И, развернув бумагу, он добавил: «В конце концов, это даже не письмо. Это—стихи.»

«Они написаны рукой подсудимого?» спросил один из присяжных.

«В том-то и штука, что нет!» сказал Белый Кролик. «И это всего загадочнее.» (Присяжные растерянно поглядели друг на друга.)

«Значит, он подражал чьему-то чужому почерку!» сказал Король. (Лица присяжных снова просияли.)

«Если будет угодно вашему величеству,» сказал Червонный Валет, «я совсем не писал их, и никто не мог бы доказать противного. Под ними нет подписи.»

«То, что ты их не подписал,» сказал Король, «только ухудшает дело. Ты, очевидно, имел в виду какую-нибудь плутню, иначе ты подписался бы, как всякий честный человек.»

На это зал ответил шумными рукоплесканиями. В самом деле, это была первая умная вещь, которую сказал Король за всё время.

«В таком случае его вина доказана!» сказала Королева.

«Ничего подобнаго!» возразила Алиса. «Ведь вы даже не знаете, что там написано!»

«Прочти стихи!» распорядился Король.

Бѣлый Кролик надѣл очки. «Откуда прикажете начать, ваше величество?» спросил он.

«Начни с начала,» сказал Король, «и читай, пока не дойдёшь до конца. Тогда кончи.»

И при полном молчаніи всѣх, наполнявших судебный зал, Бѣлый Кролик прочёл:—

«Она меня бросает в дрожь,
  И я пред ней нѣмѣю:
Она нашла, что я хорош,
  Хоть плавать не умѣю.

Она послала мнѣ сказать:
  „Пощады мы не просим!“
Он дал им три, она им пять,
  А мы ей дали восемь.

Он дал ей пять, она нам три,
  Сложивши аккуратно:
Но в результатѣ (посмотри!)
  Вернулись всѣ обратно.

Пред тѣм, как с нею был удар,
  Я был напуган снами,
Отсюда много ссор и свар
  Меж ними, ей и нами.

А потому и оттого
  Послушайся совѣта:
Ты никому и ничего
  Не говори про это!»

«Это самое существенное показание из всех, что мы до сих пор имели,» сказал Король, потирая руки. «Пусть теперь присяжные...»

«Если хоть один из них сможет объяснить, что это значит,» заявила Алиса (она за последние минуты настолько увеличилась в росте, что прервала Короля без всякого страха), «я дам тому полтинник.[62] По *моему* мнению, здесь нет ни капельки смысла!»

Присяжные тут же записали у себя на досках: «По *её* мнению, здесь нет ни капельки смысла». Но ни один из них не попытался дать требуемого объяснения.

«Если здесь нет никакого смысла,» сказал Король, «это только упрощает дело, потому что нам не надо будет его доискиваться. И, однако, мне кажется,» продолжал он, разглаживая клочок бумаги у себя на колене и глядя на него одним глазом, «мне кажется, что в этом, в конце концов, есть кое-какой смысл. *„Хоть*

плавать не умею..." Ты умеешь плавать?» спросил он Червонного Валета.

Валет печально покачал головой. «Разве похоже на то, что я умею?» (Это и в самом деле было не похоже, потому что он был сделан целиком из картона.)

«До сих пор правильно!» сказал Король и продолжал, бормоча про себя стихи: «*„Пощады мы не просим!“* Это— присяжные, разумеется.[63] *„Он дал ей пять, она нам три...“* Это, очевидно, то, что они сделали с ватрушками.»

«Но дальше сказано: *„В результате (посмотри!) вернулись все обратно!“*» возразила Алиса.

«Конечно! Так оно и было!» сказал Король. «Они и вернулись,» добавил он торжествующе и показал рукой на блюдо с ватрушками. «Это ясно, как апельсин. Дальше: *„Пред тем, как с нею был удар.“* С вами как будто ни разу ещё не было удара?» спросил Король, обращаясь к Королеве.

«Ни разу в жизни!» вскричала Королева в неистовстье и швырнула чернильницей в Ящерицу. (Злосчастный Яша к этому времени перестал писать пальцем на доске, так как от этого не оставалось никаких следов. Но тут он поспешно возобновил писание, пользуясь чернилами, стекавшими с его мордочки.)

«В таком случае этот *удар* направлен не на вас!» сказал Король и поглядел вокруг себя с довольной улыбкой. В зале царило гробовое молчание.

«Это каламбур!» сказал Король сердито, и тут все засмеялись. «Пусть присяжные вынесут приговор!» прибавил Король, должно быть, в двадцать пятый раз за время суда.

«Нет! Нет!» заорала Королева. «Сначала казнь—потом приговор.»[64]

«Вздор и чепуха!» громко воскликнула Алиса. «Как можно кого-нибудь казнить до приговора?»

«Придержи язык!» вскричала Королева, багровея.

«Не желаю!» заявила Алиса.

«Отрубить ей голову!» завопила Королева пронзительным голосом. Но никто не двинулся.

«Кто вас боится?» сказала Алиса, выросшая к этому времени до своего обычного роста. «Вы всего только колода карт...»

При этих словах вся колода вдруг взвилась в воздух и налетела на Алису. Та вскрикнула, наполовину от страха, наполовину от возмущения, стала отбиваться от карт—и вдруг увидела, что лежит на берегу, положив голову на колени сестры. А та мягко сметает с её лица прошлогодние листья, упавшие с дерева, под которым они обе сидели.

«Проснись, Алисочка, милая!» говорила сестра. «Фу, как ты разоспалась!»

«Ах, я видела такой странный сон!» воскликнула Алиса. И она рассказала своей старшей сестре по свежей памяти всё, что с нею случилось,—*то есть то, что составило содержание только что прочитанных Вами страниц.*[65]

Front cover of the 1923 edition.

Notes

This *Alice* translation was the first one printed in the USSR, the country that was officially established in December 1922. It was also the first one using post-1918 Russian orthography (Vladimir Nabokov's translation was printed also in 1923 but used the old orthography since it was an émigré edition published in Berlin.) The orthography reform did not, however, require any adjustment in character's names or vocabulary. It was also the *last* Russian translation that used old Russian non-metric units of length and distance; the metric system was introduced in the Soviet Union next year, in 1924 (see below).

With regard to punctuation, we did not use dashes but used only quotation marks, « » style, for all speech, both spoken and silent, to imitate a graphic image of a nineteenth-century text. Also, we used the «„ "» style of nested quotation marks, as it is quite convenient for a text like this; the quotation dash style is less precise. Paragraph breaks follow Carroll's own usage.

The letter *ë*, which has an ambiguous status in Russian orthography, has been used throughout where appropriate.

1   p. 9: *четыре тысячи вёрст* (*chetyre tysiachi vёrst* 'four thousand vёrsts'): An old Russian unit of distance, a *verst* (Russ. *versta*) equaled 1.0668 km (0.6629 miles); thus 4,000 versts is only 2,651 miles. The radius of Earth being 3,959 miles, Carroll's Alice is, in fact, rather precise when she says 4,000 miles. However, in this translation she is off by 33% since the translator did not adjust the number to fit real geography but simply replaced the unit. The same error was made in the first Russian translation (*Sonia v tsarstve diva*; Carroll, 1879).

    Modern (and some old) Russian *AAIW* translations usually reproduced English units of length and distance: *дюйм* (*diuim* 'inch'), *фут* (*fut* 'foot'), and *миля* (*milia* 'mile'). However, several translations published from 1879 to 1923 used now obsolete Russian non-metric units: *вершок* (*vershok*, 1.76 inches, or 4.4 cm), *аршин* (*arshin*, 28 inches, or 71.12 cm), *сажень* (*sazhen'*, 7 feet, or 2.133 m), and *верста* (*versta*). There are some other discrepancies in units of distance and length between this translation and Carroll's *AAIW*. See also Notes 2, 3, 5, 6, 9, 23, 25–26, 31, 39, 51, 58.

2   p. 12: *вершков шести в высоту* (*vershkov shesti v vysotu* 'about six vershoks high'): Here, the little door is about six *vershoks* (about 11 inches); in Carroll's original, it is 18 inches high.

3   p. 14: *десяти вершков роста* (*desiati vershkov rosta* 'about ten vershoks high'): Alice shrinks to ten *vershoks* (about 18 inches), so she is still larger than the door's height. In Carroll's *AAIW*, she shrinks to ten inches and so *would* be able to enter the 18-inch little door (if she had the key). Here, the translator obviously just replaced the length unit (inch to vershok) without conversion, and did not coordinate the sizes.

4   p. 17: *Её Высокоблагородию Алисиной Правой Ноге* (*Её Vysokoblagododiiu Alisinoi Pravoi Noge* 'To Her High Nobleness Alice's Right Foot'). *Ваше Высокоблагородие* (*Vashe Vysokoblagorodie* 'Your High Nobleness') in the Russian Empire was a formal mode of address for the nobility, military, and court that depended on the person's position in

the Table of Ranks—a list from I (highest) to XIV (lowest) ranks, that existed since early eighteenth century. Your High Nobleness was the fourth highest mode of address, used for ranks VI to VIII (Collegiate Assessor to Collegiate Councilor in civic service, and Captain to Colonel in the military). The same mode of address was used in the translation by Poliksena Solovyova (pen name Allegro) (Carroll, 1909) at the time when it was still quite common and appropriate. However, in the Soviet Russia in 1923 such address would be humourous and old-fashioned since the Imperial Table of Ranks was abolished in 1917 by the Bolsheviks.

In Carroll's original, the Right Foot is a gentleman ("Esq.") but in Russian the grammatical gender of *нога* is inevitably feminine. Since formally a female's rank in the Imperial Russia was determined by her husband's, the mode of address also implies that the Right Foot is married to a civic official or an army officer (a "Mr. Right Foot"). However, this was not a strict requirement, and the mode of address was used loosely; e.g. Anton Chekhov (1860–1904), whose family did not belong to nobility, addressed letters to his sister, who was unmarried, as *"Её Высокоблагородию Марии Павловне Чеховой (Её Vysokoblagododiiu Marii Pavlovne Chekhovoi* 'To Her High Nobleness Maria Pavlovna Chekhova'). The address could be also customarily abbreviated *Е.В.Б. (E.V.B.)*

5   p. 17: *больше сажени (bol'she sazheni* 'over a sazhen"): i.e. over seven feet, still less than Carroll's "over nine feet" high.

6   p. 17: *вершков восьми глубины (vershkov vos'mi glubiny* 'about eight vershoks deep'): this is 14 inches, almost four times deeper than Carroll's Pool of Tears, which is four inches deep.

7   p. 19: *Мурочка (Murochka,* from Mura, diminutive of Maria), *Таточка (Tatochka,* from Tata, diminutive of Tatiana). Stand for Ada and Mabel. These are endearing forms of double-diminutive names, typical for middle-class urban girls or women of the 1920s, now mostly outdated. Among Russian

women of the 1920s who were customarily addressed in diminutive as *Мура (Mura, Moura)* was Maria Budberg (1893–1974), a mistress of H. Bruce Lockhart, H. G. Wells, and Maxim Gorky, and a suspected double agent of OGPU/NKVD and British Intelligence Service (Berberova, 2005). Another double diminutive of the same name, *Мурка (Murka)*, is a common name for female cats in Russia, based on an onomatopoeic *мур (mur* 'a cat's purr'; cf. *мурлыкать (murlykat'* 'to purr'). This fits nicely with the cat theme in *AAIW*.

8   p. 19: „*Птичку божию*" („*Ptichku bozhiiu*" '"*God's little bird*"'). This first parody poem, which replaces "*How doth the little crocodile*", refers to a standard text learned by all Russian schoolchildren, a Gypsy song from Pushkin's "*Цыганы*" ("*Tsygany*", '"*The Gypsies*"', 1827):

> *Птичка Божия не знает*
> *Ни заботы, ни труда,*
> *Хлопотливо не свивает*
> *Долговечного гнезда...*

> *Ptichka Bozhiia ne znaet*
> *Ni zaboty, ni truda,*
> *Khlopotlivo ne svivaet*
> *Dalgovechnogo gnezda...*

> 'God's little bird knows not
> Any care, any labour,
> It is not busy building
> A long-lasting nest...'

D'Aktil''s parody poem (eight lines) is playful and very childish. It talks about a little bird who does not know how to play; a tiger comes out, teaches it various games, and gives it a piece of chocolate. The same popular poem of Pushkin, a standard reading for little children for decades, was used by several other Russian *AAIW* translators, starting from the very first translation (Carroll, 1879; anonymous, possibly by Ekaterina Boratynskaiia); by Matilda Granstrem (Carroll, 1908), Poliksena Solovyova (pen name Allegro) (Carroll, 1909), and, independently, by Vladimir Nabokov (Carroll, 1923a). Note that the adjective *Божия* (*Bozhiia* 'God's') is written in this translation with lowercase *б* (*b*) since the word *Бог* (*Bog* 'God") was not capitalized under the politicized Soviet orthography.

9   p. 20: *с аршин ростом* (*s arshin rostom* 'about an arshin in height'): an arshin is 28 inches. Caroll's Alice at this point shrinks to two feet (24 inches). She keeps shrinking to an unspecified size, so she would be able to swim in the Pool of Tears.

10   p. 22: *французская мышь, пришедшая вместе с Наполеоном?* (*frantsuzskaia mysh', prishedshaia vmeste s Napoleonom?* 'A French mouse that came along with Napoleon?'). This, quite natural to the Russian history textbooks, reference to the 1812 Napoleon's invasion of Russia, was used independently by other 'domesticating' translators starting from the very first 1879 translation (Carroll, 1879, 2013) (where the Mouse expands the Napoleonic theme in its "dry lecture"; see Carroll, 2017), Alexandra Rozhdestvenskaiia (Carroll, 1908–1909), and Nabokov (Carroll, 1923a).

11   p. 24: *Утка, и Попугай, и Пеликан, и Орлёнок* (*Utka, i Popugai, i Pelikan, i Orlënok* 'a Duck, and a Parrot, and a Pelican, and an Eaglet'): two of Carroll's bird characters (the Duck and the Eaglet) are preserved here but the Dodo (less known to the Russian audience) is replaced by a Parrot (*Попугай*; then also *Попка* (*Popka*)), and the Lory (who *is* a parrot!) is replaced by a Pelican.

12   p. 26: The Mouse's "dry lecture" in this translation is given on medieval Russian history. The text of the lesson comes verbatim from the famous pre-revolutionary history textbook by Sergei Platonov (see the Foreword). Interestingly, it refers to almost the same period as William the Conqueror's

(1028–1087) time in Carroll's original; the lecture addresses internecine fights of the Kievan princes featuring Prince Vladimir Monomakh (1053–1125). The translation of *AAIW* by Nabokov (Carroll, 1923a) used the same textbook—is it a mere coincidence or an appropriation by D'Aktil'? There are several other coincidences between Nabokov and D'Aktil''s texts; see the Foreword and Notes 8, 10, 18, 34.

13   p. 27: *Попка* (*Popka*) is a colloquial nickname for a parrot (cf. 'Polly'), from *попугай* (*popugai* 'a parrot'). It is also a homophone of a childish colloquial word *попка* (*popka*) for 'a little (child's) butt', from *попа* (*popa* 'butt'). It is a mildly derogatory word implying a chatterbox fool, or someone who mindlessly repeats what they are told. Talking parrots in Russia were taught to say "*Попка дурак*" ("*Popka durak*" "Popka is a fool"). In this translation, Popka replaces the Dodo.

14   p. 28: *поза, в которой обычно изображают на картинках мудрецов* (*poza, v kotoroi obychno izobrazhaiut mudretsov* 'the position in which you usually see wise men in the pictures'). Cf. in Carroll: "the position in which you usually see Shakespeare, in the pictures of him."

15   p. 30: *и немедля капут* (*i nemedlia kaput* 'and immediately kaput'). The same last word in the famous "*Mouse's Tale*" calligram was used, possibly independently, decades later by Dina Orlovskaiia in her translation (in Nina Demurova's translation of *AAIW*; Carroll, 1967, 1978). The word *капут* (*kaput*; from the German *kaputt,* 'broken, out of order") was used as a colloquial synonym of "the end, the ruins". This old-fashioned foreign word became again known to every Soviet citizen by the end of the World War II; "*Гитлер капут*" ("*Gitler kaput*"), a simplified "*Hitler ist kaputt*" ('Hitler is finished, done with") were the words allegedly said by the German soldiers when they surrendered to the Soviet Army. The expression persists in the modern Russian language, heavily infused with WWII jargon, imagery, and especially quotes from the war movies shot since the 1940s.

16   p. 31: *Крабб* (*Krabb*): an outdated spelling of *краб* (*krab*

'crab') based on a German *die Krabbe* 'the crab', used in pre-Revolutionary Russian sources (see e.g. Brėm, 1896). A famous Russian Symbolist poet of that time, Alexander Blok, in 1901 bought for his mother a dachshund named *Крабб* (*Krabb* 'Crab'). Interestingly, in this translation the old Crab is a male (following the masculine grammatical gender of the Russian noun) while in Carroll's original it is a female. There is no lack in Russian in marine creatures that are feminine in grammatical gender, e.g. Demurova (Carroll, 1967, 1978) replaced this Crab with a Jellyfish (*Медуза Meduza*).

17   p. 33: *Марфуша* (*Marfusha*), diminutive of *Марфа* (*Marfa* 'Martha'): replacement for Mary-Ann, the White Rabbit's maid; an archaic Russian low-class name, virtually obsolete today. Although the Communist Revolution of 1917 has done away with class distinctions, the name is consciously used here in contrast with modern, urban *Tatochka* and *Murochka* (replacements for Ada and Mabel; see Note 7).

18   p. 37: *Иван* (*Ivan* 'John') and, below, *Яков* (*Iakov* 'Jacob'): Russian names standing for two male servants of the White Rabbit, Pat and Bill. In this context, first names used without patronymics indicate low-class persons, although the names themselves are class neutral. The name *Яков* (also diminutive *Яша, Яшка* (*Iasha, Iashka*) is an obvious choice, since Bill is a lizard (*ящерица, iaschcheritsa*), phonetically close to Iasha. It was also used in several other Russian translations of *AAIW*, including Nabokov (Carroll, 1923a).

19   p. 39: *Воды сюда* (*Vody siuda!* 'Water now'): in an unexpected Bowdlerization, water here substitutes for Carroll's brandy. Further below, two guinea-pigs hold a water bottle for Iasha (in Carroll's text the bottle contains an unspecified drink). At the same time, D'Aktil' added other references to alhocol, which are absent in Carroll, see Notes 31 (wine) and 38 (vodka, implied in a song line known to a Russian reader, even to a child).

20   p. 40: *вроде Петрушки из ящика* (*vrode Petrushki iz iashchika* 'as a Petrushka from a box.') With an additional

bonus of a phonetic pun *Яша/ящик* (*Iasha/iashchik*), this image evokes the action of a Jack-in-the-box toy. However, this old-fashioned expression refers to a puppet jumping out of a puppeteer's box. *Petrushka* (a diminutive from *Pëtr* 'Peter') is a traditional folk puppet character, a trickster equivalent to the English Punch or Italian Pulcinella. It is known today mostly from the eponymous Igor Stravinsky's ballet (1910–1911) but is traceable to the 17th century (Taruskin, 1996). The character appears in literary fairy-tales such as D. N. Mamin-Sibiriak's *Ванькины именины* (*Van'kiny imeniny* / 'Van'ka's Name Day', 1897) and in a parody by Sasha Chërnyi *Петрушка в Париже* (*Petrushka v Parizhe* / 'Petrushka in Paris', 1925). As a puppet theater character, Petrushka survived into our time.

21   p. 43: *мухомор* (*mukhomor* 'fly agaric''; literally, 'fly-killer', *Amanita muscaria*). In an unusual for *AAIW* translators move, D'Aktil′ turns Carroll's unspecified magic mushroom into a *mukhomor*, the most infamous of the Eurasian mushroom species, hallucinogenic fly agaric. Its iconic image, red-capped with white dots, abounds in folklore, including Russian sources. The change plainly suggests that Alice's size changes are chemically induced. But we know well that Alice is cautious of poisonous things! Robert Hornback (1983; quoted after Gardner, 2015, p. 65) noted that "neither Tenniel nor Carroll wanted children to emulate Alice and end up eating poisonous mushrooms." Even small children in Russia know that a *mukhomor* should not be touched, let alone eaten.

22   p. 46: "*Попрыгунья-стрекоза*" ("*Poprygun'ia-strekoza*" ""*A jumping Grasshopper*""): in this translation, instead of *Father William*, Alice tries to recite Ivan Krylov's moralistic fable *Стрекоза и муравей* (*Strekoza i muravei* 'The Grasshopper and the Ant') (1808), which is still a staple item of elementary school textbooks in Russia. The fable is based on Aesop; the same plot was used in La Fontaine's *La Cigale et la Fourmi* (1668); in both the grasshopper was originally a cicada (not found in northern Russia). Today, *стрекоза*

(*strekoza*, from *стрекотать strekotat'* 'to chirp') means only a *dragonfly*, but Krylov used it for a grasshopper. This usage is obsolete in modern Russian where grasshopper is *кузнечик* (*kuznechik*). Since dragonflies do not chirp or sing, this, understandably, caused much confusion for the readers and especially illustrators until today! Alice's recitation, in this translation, parodically reverses the roles of an industrious and greedy Ant versus a lazy and vain Strekoza (Grasshopper). (Note that in the Romance languages, e.g. in La Fontaine, both animals are females due to grammatical gender but in Russian the Ant is masculine and Strekoza is feminine.) The parody poem is not completed; Alice is interrupted by the Caterpillar right after she introduces a 'lazy, cunning, scheming Ant'.

23 p. 47: *Полтора вершка* (*Poltora vershka* 'One and a half vershoks'): this Caterpillar's size equals 2.64 inches (6.6 cm), which is slightly less than Carroll's three inches (7.5 cm).

24 p. 49: *Голубь* (*Golub'* 'Pigeon'). Carroll's Pigeon is undoubtedly a female bird. Due to the masculine gender of the Russian noun *голубь*, some translators, incuding D'Aktil', carelessly created a *male* Pigeon, with his nest and eggs—an ornithological nonsense. An easy and reasonable solution was found by other Russian translators who used feminine nouns *Голубка* (*Golubka* 'female pigeon') or *Горлица* (*Gorlitsa* 'turtle-dove').

25 p. 51: *домик аршина полтора в вышину* (*domik arshina poltora v vyshinu* 'a little house about an arshin and a half high'). This makes Duchess's house 40 inches high, smaller than in *AAIW* (where it is four feet, or 48 inches).

26 p. 52: *вершков шести ростом* (*vershkov shesti rostom* 'six vershoks in size'), about 11 inches, i.e. 23% of a house's height. This corresponds well to Carroll's Alice who adjusts her size to *nine* inches (19% of a house's height).

27 p. 57: *Сибирский Кот, Котик* (*Sibirskii Kot, Kotik* 'Siberian Cat, Kitty'). The Cheshire-Cat is "domesticated" here. "Siberian" does not imply any negative meaning; it is

just a big, fluffy domestic cat of an aboriginal Russian breed, possibly related to Persian cats. A Siberian male cat is found in Afanasyev's fairytales, named Kotofey Ivanovich; in other Russian folkloric sources the cat's breed is not specified. The same name was used also in the very first Russian *AAIW* translation (Carroll, 1879).

28   p. 58: The Duchess's song (not a literary parody in Carroll) in this text is a parody based on a widely known Mikhail Lermontov's *Казачья колыбельная* (*Kazach'ia kolybel'naia* / 'The Cossack Lullaby', 1840), and possibly *also* on its caustic political parody, Nikolay Nekrasov's *Колыбельная песня* (*Kolybel'naia pesnia* / 'The Lullaby', 1845). The same, standard lullaby was parodied by several other Russian translators.

29   p. 58: *Гав! Гав! Гав!* (*Gav! Gav! Gav!*) This rendering of baby's howling is clearly an error. In Russian, *гав* only signifies the bark of a dog. This appears to be the translator's confusion based on *bow wow*, a standard English onomatopoeic form for a dog's bark. The spelling used by Carroll (*Wow! wow! wow!*) is unclear but it was clearly intended to designate a baby's howling (as in modern *waa* or *waah*). The same error was independently repeated in a later translation by Demurova (Carroll, 1967, 1978). This onomatopoeic refrain presented a hard problem for many Russian translators. Granstrem (Carroll, 1908) rendered it as a meaningless *Вов! вов! вов!* (*Vov! vov! vov!*), and Allegro (Carroll, 1909) as a howl, *Воу! воу! воу!* (*Vou! vou! vou!*) A standard Russian for baby's cry is *Уа! Уа! Уа!* (*Ua! Ua! Ua!*), which was correctly used in an early translation of Rozhdestvenskaiia (Carroll 1908–1909).

30   p. 64: *„в чушку"* или *„в пушку"*? (*„v chushku" ili „v pushku"*? '"into a pig" or "into a cannon"?'): *чушка* (*chushka*) is a colloquial name for a pig. *Пушка* (*pushka* 'a cannon') is a rhyming but not a very close phonetic pun. A folksy expression *грязный как чушка* (*griaznyi kak chushka* 'dirty as a pig') is still used to admonish a Russian child.

31   p. 64: *она всё еще держала их в карманах: правый в правом, а левый в левом* (*ona vsë eshchë derzhala ikh v karmanakh: pravyi v pravom, a levyi v levom* 'she still had them in her pockets: the left piece in the left one, and the right piece, in the right one'). This is a clever added explanation toward the point Carroll did not make clear: where does Alice keep the left-side and right-side magic mushroom pieces from Chapter V and how does she tell them apart?

By this time Alice must have placed them in two pockets, left and right; these pockets are clearly seen on her apron in most of Tenniel's pictures (supervised by Carroll). The pockets are now free of the box of comfits but one of them should still hold the thimble, and, possibly, the empty comfit box (Goodacre, 2015: 43, footnote 173). In the end of Ch. VII, Alice for the last time produces a bit of the mushroom to get smaller from her pocket; this should have been the right-hand bit in her right pocket. Selwyn Goodacre (2015: 111, footnote 416) comments that "one assumes that she has actually kept two pieces—one from each side of the mushroom". Alice's further size changes do not involve mushrooms.

32   p. 64: *подняла себя до аршина росту* (*podniala sebia do arshina rostu* 'brought herself up to an arshin of height'). An arshin is 28 inches; Caroll's Alice at this point brings herself to two feet, or 24 inches.

33   p. 65: In Tenniel's illustrations that accompanied this 1923 edition, the iconic "10/6" price tag on the Hatter's hat was changed to "5 р 50 к" (5 roubles 50 kopecks). In the Soviet Union of 1923, this was a marker of the era of the New Economic Policy (*nėp*; see the Foreword) when a limited market economy re-emerged for a brief period. The hyperinflation caused by the Bolshevik terror and the Civil War, receded after two denomination reforms in 1922. By 1924, a new Soviet rouble equaled 50 *billion* pre-1922 roubles. In this context, 5.5 roubles fits into the range of a "peaceful time", pre-1914 hat price. In the very first Russian *AAIW* translation (Carroll, 1879), the price tag what chan-

ged to 50 kopecks (= 0.5 roubles), which could be seen as a *toy* hat price at that time. See also Note 62.

34   p. 65: *Животное из породы грызунов, известное под именем Соня* (*Zhivotnoe iz porody gryzunov, izvestnoe pod imenem Sonia* 'An animal of a rodent family known as a Dormouse'): an added, reasonable way to explain to a Russian reader what kind of an animal a dormouse is. The word *соня* (*sonia* 'dormouse') exists in Russian but is not widely known. The forest dormouse (*Dryomys nitedula*, family Gliridae) is found in the European Russia but, being a nocturnal animal, it is very rarely seen and poorly known to a layperson. Many translators have domesticated this rodent, unknown to their target readers, replacing it by a sleepy animal such as a much larger marmot (*Marmota*, family Sciuridae) used in three early Russian translations (Carroll, 1879, 1908–1909, 1909). This character is male in Carroll's original but female in this translation, due to the feminine gender of the Russian noun.

35   p. 69: the Hatter's song (*"Twinkle, twinkle…"*) is replaced by a childish parody (which has the same trochaic metre) of a highly popular Russian urban folk song, known from the 1820s, «*Чижик-пыжик, где ты был?*» (*"Chizhik-pyzhik, gde ty byl?"* / '"Little siskin, where've you been?"'). The Hatter's second line is «*На лугу гусей ловил*» (*"Na lugu gusei lovil"* '"In a meadow I was catching geese"'.) However, any Russian, from child to adult, still knows little siskin's original answer: «*На Фонтанке водку пил*» (*"Na Fontanke vodki pil"* ('"At the Fontanka I was drinking vodka."'). Fontanka, a tributary of Neva, is a small river running across the very center of St. Petersburg. The song's tune is one of the easiest and recognizable in Russia for 200 years. It was used as a parody tune in Rimsky-Korsakov's opera *Золотой петушок* (*Zolotoi petushok* 'The Golden Cock') (1908). The same song was parodied by Nabokov (Carroll, 1923a). Warren Weaver (1964, pp. 90–91) specifically discussed this song, although he confused 'Fontanka' with a 'little fountain'.

36   p. 71: *В тридевятом царстве, в тридесятом государстве* (*V trideviatom tsarstve, v tridesiatom gosudarstve* / 'In the three-times-ninth kingdom, in the three-times-tenth country...'): an added traditional first phrase of a Ruissan fairytale, based on an ancient counting system.

 Саня, Маня и Таня (*Sania, Mania i Tania*): is it a sheer coincidence that the names of three treacle-well girls here are diminutives of the last Russian Tsarina Alexandra and two of her four daughters, Maria and Tatyana, all shot by the Bolsheviks in July 1918? And there is an added word *царство* (*tsarstvo* 'kingdom'; literally, tsardom) in the beginning of the same sentence.

37   p. 72: *больше вина* (*bol'she vina* 'more wine'). In Carroll's text, 'more tea'! There is no wine on the table, as we know.

38   p. 72: *топили* (*topili*): Here, a very good series of replacement puns is based on two homophonic meanings of the verb *топить* (*topit'*), (a) 'to drown someone or something' and (b) 'to put fuel in a stove' (in this case, with firewood). The Dormouse's story and the Hatter's explanations create a surrealistic image of three treacle-well girls who every day *drowned* a stove (a large Russian firewood stove made of bricks!) in their well, by tying firewood to it to make it even heavier.

39   p. 73: instead of drawing things that begin with M, here the treacle-well girls burn in their stove things that begin with D: *дрова, доброта, долото, деньги, достаточность* (*drova, dobrota, doloto, den'gi, dostatochnost'* 'firewood, kindness, chisel, money, sufficiency'). This series of D-words seems random, and appropriately ends with an intangible 'sufficiency' mimicking Carroll's 'muchness'. Within a context of Russian literary tradition, burning *money* in a stove, of course, immediately evokes a famous scene from Dostoevsky's *Идиот* (*Idiot* 'The Idiot') (1868–1869) (Pt. I, Ch. 16) where Nastasya Filippovna throws 100,000 roubles into a fireplace. But D'Aktil''s child readers were old enough to remember a cold and hungry winter of 1918–1919 in

Petrograd when, firewood lacking, everything that could burn—furniture, books—was thrown into the stoves. A lot of *kindness* and *sufficiency* were burned during this time of the Russian history.

40 p. 75: *вершков шести роста* (*vershkov shesti rosta* 'six vershoks in size'), about 11 inches. In this translation, Alice adjusted herself to the same size before she enters the garden as she did prior to entering the Duchess's house (see Note 26). However, Carroll's Alice at that point adjusts her size to *two feet* (24 inches), more than two times larger.

41 p. 79: *вашему величеству* (*vashemu velichestvu* 'your majesty'): both words are printed throughout this translation with a lowercase *в* (*v*), a requirement under the politicized Soviet orthography of the 1920s.

42 p. 90: *Чем ночь темней, тем ярче звёзды!* (*Chem noch' temnei, tem iarche zvëzdy!* 'The darker is the night, the brighter are the stars!') Unlike other trite Duchess's statements, this is a literary quote from a poem by Apollon Maikov (1821–1897), *"Не говори..."* (*"Ne govori..."* *"Do not tell me..."*) (1878):

> *Не говори, что нет спасенья,*
> *Что ты в печалях изнемог:*
> *Чем ночь темней, тем ярче звезды,*
> *Чем глубже скорбъ, тем ближе Бог.*

> *Ne govori, chto net spasen'ia,*
> *Chto ty v pechaliakh iznemog,*
> *Chem noch' temnei, tem iarche zvëzdy,*
> *Chem glubzhe skorb', tem blizhe Bog.*

> 'Do not tell me that there is no salvation,
> That you are weakened by sorrows,
> The darker is the night, the brighter are the stars,
> The deeper is your sorrow, the closer is God.'

43 p. 91: *горчичные шахты. А мораль отсюда: „Раз делаешь шах ты, делай и мат"* (*gorchichnye shakhty. A moral' otsiuda: „Raz delaesh' shakh ty, delai i mat."* 'Mustard mines. And the moral is: "Once you do a check [*a chess term*], you should also do a mate."')

    This is an ingenious, although a bit forced, typical Carrollian charade-style pun, based on *шахты* (*shakhty* 'mines') and *шах ты* (*shakh ty* 'you [do] a check'), However, *AAIW* contains no chess imagery, so, in a sense, the translator mixes two *Alice* books—which is still often done.

44 p. 92: The Mock Turtle in this translation is called *Фальшивая Черепаха* (*Fal'shivaia Cherepakha* 'False Turtle') and is a female character. The culinary term 'false' was used for a substitute dish; a Prussian dish *фальшивый заяц* (*fal'shivyi zaiats'* 'false hare', from the German *falscher Hase*) has been known in Russia since the late 18th century. D'Aktil' obviously was familiar with mock turtle soup, known in pre-revolutionary Russia under its French name, *fausse tortu*; a reader (at least a middle-class one) would know that this dish was made from a calf's head. The French translators had no problem calling the character *Fausse Tortu*. Unfortunately, word *фальшивая* (*fal'shivaia* 'false, fake') or its synonym *ложная* (*lozhnaiia*) carry a clearly negative meaning in the modern Russian, and unevitably taint the Mock Turtle's image if used in a translation. Based on Tenniel's illustrations (used also in this translation), the first Russian *AAIW* (Carroll, 1879), translated the Mock Turtle as *Телячья Головка* (*Teliach'ia Golovka* "a Calf-Head"). This imagery was further developed into a nice pseudo-folkloric paragraph where the Calf-Head tells his sad story. Once upon a time, he was a real Calf (*телёнок telёnok*) among other calves, then someone decided to turn them into turtles—but apparently the metamorphosis was not completed. For several new Evertype translations into rare languages, I advised rendering Mock Turtle descriptively as a "Calf-Headed Turtle" (e.g., *Музообаш Ташбака Mизoobaş Taşbaka* in the

first Kyrgyz translation by Aida Egemberdieva; Carroll, 2016), following the Tenniel's illustrations. A solution similar to "Calf-Head," also based on Tenniel's illustrations, was independently used by Alexander Shcherbakov (Carroll, 1977), who called the Mock Turtle *Черепаха-Телячьи-Ножки* (*Cherepakha-Teliach'i-Nozhki* 'a Calf-Feet Turtle').

45   p. 96: *чихать и пищать* (*chikhat' i pishchat'* 'sneeze and squeak'), a very clever pun on *читать и писать* (*chitat' i pisat'* 'read and write'), cf. Carroll's "Reeling and Writhing". Compare to two words used by Nabokov (Carroll, 1923a), *чесать и питать* (*chesat' i pitat'* 'scratch and feed').

46   p. 96: *свержение* (*sverzhenie* 'toppling') ~ *сложение* (*slozhenie* 'addition'); *почитание* (*pochitanie* 'revering') ~ *вычитание* (*vychitanie* 'subtraction'); *уважение* (*uvazhenie* 'respecting') ~ *умножение* (*umnozhenie* 'multiplication'); and *дивление* (*divlenie*, a derived neologism from *udivlenie* 'admiration') ~ *деление* (*delenie* 'division').

47   p. 97: D'Aktil''s teacher of *рискование* (*riskovanie* 'risking') ~ *рисование* (*risovanie* 'drawing') also teaches *терпение* (*terpenie* 'patience') ~ *черчение* (*cherchenie*, 'drafting'), and a rather frivolous subject, *расспрашивание масляными глазками* (*rassprashivanie maslianymi glazkami* 'questioning with oily eyes'), a full three-word pun on *раскрашивание масляными красками* (*raskrashivanie maslianymi krazkami*), which is, verbatim, Carroll's "Painting in (literally, 'Colouring with') Oils".

48   p. 97: *читал историю с парты* (*chital istoriiu s party* 'taught history from a school desk'): Here, D'Aktil' deploys another very good, charade-style school pun: *с парты* (*s party* 'from [=standing on] a school desk') ~ *Спарты* (*Sparty* 'of Sparta'). Although "history of Sparta" would be hardly a subject taught to a seven-year-old Alice, in this text she claims *her* teacher taught it from a *кафедра* (*kafedra*, 'podium'). The dialogue goes on with more good puns, arguing that a *classics* teacher should be close to the *class*, and a school desk is closer to the audience than a podium.

49   p. 97: Another very good pun using homophones *стих* (*stikh* 'poem') and *стих* (*stikh* ('[someone] got quiet'), from *стихать* (*stikhat'* 'to get quiet'); it skillfully echoes Carroll's *lesson ~ lessen* pun, which is usually a hard challenge for the translators.

50   p. 99: *Кадриль Весёлых Раков* (*Kadril' Vesëlykh Rakov* 'Merry Crayfish Quadrille'). The chapter title reads as a song lyrics line, and the song is to follow soon. Although the word *омар* (*omar* 'a lobster') would be familiar to a Russian reader, this translator chose to replace lobsters with a more familiar crayfish. Zoologically, the two are related although crayfish worldwide (including Russia) are freshwater animals. However, *морской рак* (*morskoi rak* 'sea crayfish') is an old Russian term for a lobster; it is used in the very first Russian *AAIW* translation (Carroll, 1879).

51   p. 101: D'Aktil''s *Kadril' Vesëlykh Rakov* poem is a completely original text, not based on Carroll's lyrics, and not a parody. It is a funny and engaging, old-fashioned dance tune, describing an eel dancing with an oyster and then with a whiting. This song-and-dance piece is reminiscent of freewheeling dance parties that reappeared in the Soviet Russia in the 1920s for a brief time of the *nėp*. The song—aimed not so much at child readers as at their parents—has some words and expressions that would not be used in a text intended for small children. Its rhyming words *"Всё на свете прах и гниль, но кадриль есть кадриль!"* (*"Vsë na svete prakh i gnil', no kadril' est' kadril'!"* "'All in the world is dust and rot, but cadrille is cadrille!'"*) would not be understood by a small child. They derive from religious imagery, common in the Russian poetry of the 1900s. For example, the first line of the poem *Христианин* (*Khristianin* 'A Christian') (1901) by Zinaida Gippius (1869–1945) reads *"Всё прах и тлен, всё гниль и грех…"* (*"Vsë prakh i tlen, vsë gnil' i grekh…"* "'All is dust and decay, all is rot and sin…'"*)

   The song also mentions a non-Russian unit of distance, *миля* (*milia* 'mile'), which rhymes with 'quadrille' (*милъ/кадрилъ mil'/kadril'*), making the song sound foreign. Elsewhere, D'Aktil' used an old Russian unit, *versta* (see Note 1). An infectious quadrille theme is carried over to the next Alice's poem, where it is fused with a Krylov's fable.

52   p. 104: *у тебя никогда не было угрей!* (*u tebia nikogda ne bylo ugrei!*) A Russian *угоръ* (*ugor'* 'an eel') is a full homophone of *угоръ* (*ugor'* 'a zit, a pimple') so 'you never had eels' also reads 'you never had zits'. This unpleasant homophony was also deployed by the young Nabokov in his *AAIW* translation, where it was used in *"Father William"*.

53   p. 105: *"Лебедъ, Ракъ да Щука"*: Alice parodies here a well-known fable by Krylov, *Лебедъ, Щука да Ракъ* (*Lebed', Shchuka da Rak* 'A Swan, a Pike, and a Crayfish') (1814). This is the second fable by Krylov parodied in this translation (see Note 22).

54   p. 106: *"Однажды Лебедъ, Ракъ да Щука, / Рѣшив, что танцы вещъ, а остальное гиль"* (*Odnazhdy Lebed', Rak da Shchuka, / Reshiv, chto tantsy veshch', a ostal'noe gil'* 'Once upon a time, a Swan, a Crayfish and a Pike / decided that dancing is the thing, and everything else is nothing').

This is a complex fusion of two well-known literary quotes, typical for a scholastic parody poetry. Here, the translator takes the famous first line of the Krylov's fable and grafts on it another (modified) famous line from *Горе отъ ума* (*Gore ot uma* 'Woe from Wit') (1824), a classical comedy in verse by Alexander Griboedov (1795–1829): *Да, водевилъ естъ вещъ, а прочее все гиль* (*Da, vodevil' est' veshch', a prochee vsё gil'* 'Yes, a vaudeville is the thing, everything else is nothing') (words of Repetilov, Act 4, Scene 6).

This last line, again, was unlikely to be known to a small child. It is another clear marker of a hybrid style of this translation, which, possibly inadvertently, was geared less toward a children's book that Carroll's original.

55   p. 107: *Фешенебельный* (*feshenebel'nyi* 'fashionable') sounds close to *фальшивый* (*fal'shivyi* ('false, fake'). The Mock Turtle's song praises a "fashionable" soup that is being

served at the "dinners, receptions, balls, and soirées." *Суаре* (*suare* 'soiree', long gone in Soviet Russia) is chosen here to rhyme with *пюре* (*piure* 'purée'), both French-derived terms. While the former is unlikely to have been known to the small children even before the Revolution, the word 'purée' remained in Russian, usually meaning a *картофельное пюре* (*kartofel'noe piure* 'mashed potatoes'). Although the Mock Turtle sings about a "turtle soup", one of the lines directly explains that this soup is made of a puréed calf's head and grains; the word *круп* (*krup*, a genitive of *крупа* (*krupa* 'grain') rhymes well with *суп* (*sup* 'soup').

56   p. 108: *аховый* (*akhovyi*) is a colloquial word (now outdated) for 'inept', but also forms an echoing charade as part of *черепаховый* (*cherepakhovyi* 'turtle' [soup]). The charade reads also *череп аховый* (*cherep akhovyi*) where *череп* (*cherep*) means 'a skull'. Russian *черепаха* (*cherepakha* 'turtle, tortoise') is derived from the same word, literally meaning 'a skull animal'.

57   p. 110 *Это судья из сказки, …. только в сказках судьи носят такие глупые парики.* (*Èto sud'ia iz skazki… tol'ko v skazkakh sud'i nosiat takie glupye pariki* 'This is a fairy-tale judge… only in fairy-tales judges wear such silly wigs'). This comment is not found in the original. An interesting nod to a "modern" (1920s) Soviet child, who would not know that wigs are a traditional accessory of an English judge. Alice in this translation still knows the term *присяжные заседатели* (*prisiazhnye zasedateli* 'gentlemen of the jury'), but in the Soviet Russia of 1923 a trial by jury already belonged to a fairy-tale kingdom along with the royals. A trial by jury was introduced in Russia by Alexander II in 1864 and would survive for only a half century. The expression *prisiazhnye* was mocked as a hopelessly outdated by a trickster hero, Ostap Bender, in Il'f & Petrov's *Двенадцать стульев* (*Dvenadtsat' stul'ev 'Twelve Chairs'*) in 1928, ten years after the Bolsheviks did away with the fair judiciary system.

58 p. 112 *рубли и копейки* (*rubli i kopeiki* 'roubles and kopecks'). The "normal" currency and coinage was just restored in the Soviet Russia in 1922, after the hyper-inflation caused by the Revolution and Civil War (see Notes 33 and 62).

59 p. 114 *Разумеется, обыкновенный!* (*Razumeetsia, obykno-vennyi!* 'Indeed a common one!'). The King's statement is unclear. Why is little siskin a "common" one?

60 p. 116 *стоял содом* (*stoiial sodom* 'there was a Sodom in the court'). A common old-fashioned Russian expression, based on the Biblical Sodom but meaning only 'a great disorder'.

61 p. 119 *более чем с версту* (*bolee chem s verstu* 'more than a verst high'): Carroll has "more than a mile high"; a verst is 0.66 miles.

62 p. 122 *полтинник* (*poltinnik*, 50 kopecks (=0.5 rouble)), stands for Carroll's sixpence. This was a coin of a substantial value both in pre-Revolutionary Russia and after the Soviet financial reform of 1922 (see also Note 33). Nabokov (1923a) in his émigré translation used the same word, *poltin-nik*, but obviously meaning a pre-Revolutionary silver coin, which had a profile of Nicholas II. However, since the Tsarist coinage was obsolete in Russia since 1917, D'Aktil''s Alice is talking about the very first, new Soviet 50-kopeck coin (1921–1922), also made of silver. This coin had a coat-of-arms (hammer-and-sickle) of the RSFSR ('Russian Soviet Federative Socialist Republic', the official name of the Soviet Russia in 1917–1922), not yet the USSR (hammer-and-sickle with a background of a globe without country boundaries, symbolizing the world revolution). Other domesticating pre-Revolutionary translators replaced the sixpence with a silver *четвертак* (*chetvertak*, 25 kopecks), independently used by Rozhdestvenskaiia (Carroll, 1908–1909) and Allegro (Carroll, 1909), or just an apple (Granstrem; Carroll, 1908).

The Tsarist *poltinnik* of 1896.

The Soviet *poltinnik* of 1922.

63   p. 123 *это—присяжные, разумеется* (ėto—*prisiazhnye, razumeetsia* 'that's the jury, of course'). In the 1897 six-shilling edition, Lewis Carroll added to this sentence 19 words: "'*If she should push the matter on*'—that must be the Queen—'*What will become of you*'—What indeed!" Most Russian translations, including D'Aktil''s and the modern ones such as Demurova's (Carroll 1967, 1978), were based on earlier versions of *AAIW*, and do not include the translation of this fragment. This omission, to our knowledge, exists in many *AAIW* translations. D'Aktil''s translation, as stated in its front-matter, was based on "the 106th English edition of 1922" (?).

64   p. 123 *Сначала казнь—потом приговор* (*Snachala kazn'—potom prigovor*). The Queen's "Sentence first—verdict afterwards!"—is shifted in D'Aktil''s translation to "Execution

first—sentence afterwards!" (see the Foreword for discussion).

65 p. 125 The finale of the book (four large paragraphs) is left out in this translation.

Bibliography

Berberova, Nina. 2005. *Moura: The Dangerous Life of the Baroness Budberg*. Translated from the Russian by Marian Schwartz and Richard D. Sylvester. New York: New York Review Books, 404 pp.

Boyd, Brian. 1990. *Vladimir Nabokov: The Russian Years*. Princeton: Princeton University Press, 619 pp.

Brehm, Alfred E. (as А. Э. Брэм (A. É. Brėm)). 1896. «*Жизнь живот- ныхъ*» *А. Э. Брэма въ десяти томахъ*. Переводъ с 3-го нѣмецкаго дополненнаго изданія. С.-Петербургъ: Общественная польза и Ко., Томъ X, 767 с. (*"Zhizn' zhivotnykh'" A. E. Bréma v" desiati tomakh' / '"Das Tierreich" by A. E. Brehm in Ten Volumes'*. Translated from the 3rd German improved edition. St. Petersburg: Obshchestvennaiia pol'za i Ko., Vol. X, 767 pp.) (in Russian).

Carroll, Lewis. 1879. *Соня въ царствѣ дива*. Москва: Типографія А. И. Мамонтова, 166 с. (*Sonia v" tsarstvie diva / 'Sonia in a Kingdom of Wonder'*. Moscow: Tipografiia A. I. Mamontova, 166 pp.) (in Russian) [Author not listed. Translator not listed; possibly Ekaterina I. Boratynskaiia (see Carroll, 2017). Illustrations by John Tenniel, not acknowledged].

—— (as Л. Карроль (L. Karrol')). 1908. *Приключенія Ани въ мірe чудесъ*. Составлено по Л. Каррол'ю М. Гранстрем. С.-Петербург: Э. Гранстрем, 164 с. (*Prikliucheniia Ani v" mire chudes" / Ania's Adventures in a World of Wonders*. Translation by Matilda Granstrem. St. Petersburg: É. Granstrem, 164 pp.) (in Russian) [Illustrations by Charles Robinson, not acknowledged].

—— (as Льюисъ Кэрроль (L'iuis″ Kėrrol')). 1908–1909. *Приключенія Алисы въ волшебной странѣ*. Перевод А. Н. Рождественской; иллюстрации Ч. Робинсона. *Задушевное слово*, 49: 1–7, 9–21, 22–33 (*Prikliucheniia Alisy v″ volshebnoi stranie / Alice's Adventures in a Magic Land*. Translation by Aleksandra N. Rozhdestvenskaiia. Illustrations by Charles Robinson. *Zadushevnoe slovo*, 49: 1–7, 9–21, 22–33 (in Russian).

—— (as Льюисъ Кэрролль (L'iuis″ Kėrroll')). 1909. *Приключенія Алисы въ странѣ чудесъ*. Съ рисунками Джона Тэнніэль. Перевод Allegro [=Поликсены С. Соловьёвой]. *Тропинка*, 1909: 2–5, 7–17, 19–20 (*Prikliucheniia Alisy v″ stranie chudes″ / 'Alice's Adventures in Wonderland'*. Translation by Allegro [=Poliksena S. Solovyova]. Illustrations by John Tenniel. *Tropinka,* 1909: 2–5, 7–17, 19–20 (in Russian).

—— (as Л. Карроль (L. Karrol')). 1913. *Алиса въ волшебной странѣ*. С. 1–63. В кн.: *Англійскія сказки*. С.-Петербург: Золотое детство. (*Alisa v″ volshebnoi stranie*. V kn.: *Angliiskiia skazki / 'Alice in a Magic Land'*. In: *English Fairytales*. St. Petersburg: Zolotoe detstvo, pp. 1-63) (in Russian). [Abridged. Translator not listed, possibly Mikhail P. Chekhov. Illustrations by Harry Furniss, not acknowledged].

—— (as Л. Карроль (L. Karrol')). 1923a. *Аня въ странѣ чудесъ*. Перевод В. Сирина [=В. В. Набокова]. С рисунками С. Залшупина. Берлин: Гамаюн, 114 с. (*Ania v″ stranie chudes″ / 'Ania in Wonderland'*. Translation by V. Sirin [= Vladimir V. Nabokov]. Illustrations by Sergei Zalshupin. Berlin: Gamaiun, 114 pp.) (in Russian).

——. 1923b. *Алиса в стране чудес*. Переработал для русских детей А. Д'Актиль [= Анатолий А. Френкель]. Москва–Петроград: Издательство Л. Д. Френкель, 132 с. (*Alisa v strane chudes / Alice in Wonderland*. Translation by A. D'Aktil' [=Anatolii A. Frenkel']. Moscow–Petrograd: L. D. Frenkel', 132 pp. (in Russian). [The author's name on the cover and on the front page is given in English as "Lewis Carroll", without Russian transliteration. The prefatory poem is followed by an additional page with the words "В СТРАНЕ ЧУДЕС" (V STRANE CHUDES / 'IN WONDERLAND'. Illustrations by John Tenniel, not acknowledged].

—— (as Льюис Карролл (L'iuis Karroll)). 1924. *Алиса в Зазеркальи*. Перевод с английского В. А. Азова [=В. А. Ашкенази]. Стихи в тексте Т. Л. Щепкиной-Куперник. Рисунки художн. Джона

Тенниэля. Москва–Петроград: Издательство Л. Д. Френкель, 130 с. (*Alisa v Zazerkal'i / Alice in Transmirroria*. Translation by V. A. Azov [=Vladimir A. Ashkenazi]. Poems translated by Tatyana L. Shchepkina-Kupernik. Illustrations by John Tenniel. Moscow–Petrograd: L.D. Frenkel', 130 pp. (in Russian).

—— (as Льюис Кэрролл (L'iuis Kèrroll)). 1967. *Алиса в Стране чудес. Сквозь зеркало и что там увидела Алиса.* Перевод и послесловие Н. М. Демуровой. Стихи в переводах С. Я. Маршака и Д. Г. Орловской. Художник П. Чуклев. София: Издательство литературы на иностранных языках, 228 с. (*Alisa v Strane chudes. Skvoz' zerkalo i chto tam uvidela Alisa / Alice's Adventures in Wonder land. Through the Looking-Glass and What Alice Found There.* Translation and afterword by Nina M. Demurova. Poems translated by Samuil Ia. Marshak and Dina G. Orlovskaia. Illustrations by P[etar]. Chuklev. Sofia: Izdatel'stvo literatury na inostrannykh iazykakh, 228 pp.) (in Russian).

—— (as Льюис Кэрролл (L'iuis Kèrroll)). 1977. *Приключения Алисы в Стране чудес. Зазеркалье (про то, что увидела там Алиса).* Перевод Александра Щербакова. Иллюстрации М. Митурича. Москва: Художественная литература, 1977, 304 с. (*Prikliucheniia Alisy v Strane chudes. Zazerkal'e (pro to, chto uvidela tam Alisa) / Alice's Adventures in Wonderland. Transmirroria (What Alice Found There).* Translation by Alexander Shcherbakov. Illustrations by Mai Miturich. Moscow: Khudozhestvennaia literatura, 304 pp.) (in Russian).

—— (as Льюис Кэрролл (L'iuis Kèrroll)). 1978. *Приключения Алисы в Стране чудес. Сквозь зеркало и что там увидела Алиса, или Алиса в Зазеркалье.* Комментарии Мартина Гарднера. Перевод Н. М. Демуровой. Стихи в переводах С. Я. Маршака, Д. Г. Орловской и О. А. Седаковой. Иллюстрации Джона Тенниела. Москва: Наука, 360 с. (*Prikliucheniia Alisy v Strane chudes. Skvoz' zerkalo i chto tam uvidela Alisa, ili Alisa v Zazerkal'e / 'Alice's Adventures in Wonderland'. Through the Looking-Glass and What Alice Found There.* Commentary by Martin Gardner. Translation by Nina M. Demurova. Poems translated by Samuil Ia. Marshak, Dina G. Orlovskaia and Olga A. Sedakova. Illustrations by John Tenniel. Moscow: Nauka. 360 pp.) (in Russian).

—— 2013. *Соня въ царствѣ дива: Sonja in a Kingdom of Wonder. A facsimile of the first Russian translation of Alice's Adventures in Wonderland.* Illustrated by John Tenniel. Introduction by Nina

Demurova. Cathair na Mart: Evertype, 206 pp. ISBN 978-1-78201-040-1. (in Russian).

—— (as Льюис Кэрролл (L'iuis Kèrroll)). 2016. *Алисанын Кызыктар Өлкөсүндөгү укмуштуу окуялары* (*Alisanın Kızıktar Ölkosundogu ukmuştuu okuyaları*): *Alice's Adventures in Wonderland in Kyrgyz*. With illustrations by John Tenniel. Translated by Aida Egemberdieva. Portlaoise: Evertype, 170 pp. ISBN 978-1-78201-176-7. (in Kyrgyz).

——. 2017. *Соня в царстве дива: Sonia in a Kingdom of Wonder. The First Russian Translation of Alice's Adventures in Wonderland*. Illustrations by John Tenniel and Byron W. Sewell. Introduction and Notes by Victor Fet. Portlaoise: Evertype, 176 pp. ISBN 978-1-78201-198-9. (in Russian). [Translator not listed; possibly Ekaterina I. Boratynskaiia.]

Fet, Victor. 2009. "Beheading first: on Nabokov's translation of Lewis Carroll". *The Nabokovian*, 63, pp. 52–63.

Gardner, Martin. 2015. *The Annotated Alice: 150th Anniversary Deluxe Edition* (150th Deluxe Anniversary Edition). Edited by Mark Burstein. W.W. Norton, 432 pp.

Goodacre, Selwyn. 2015. *Elucidating Alice. A Textual Commentary on* Alice's Adventures in Wonderland. Illustrated by John Tenniel. Portlaoise: Evertype, 184 pp. ISBN 978-1-78201-105-7.

Lobanov, Vasily V. (as В. В. Лобанов (V. V. Lobanov)). 2000. *Льюис Кэрролл в России: Аннотированная библиография переводов.* (*Folia Anglistica*, Autumn 2000). Москва: МАКС Пресс, 401 с. / *L'iuis Kèrroll v Rossii. Annotirovannaiia bibliografiia perevodov.* / 'Lewis Carroll in Russia. Annotated bibliography of translations' (*Folia Anglistica*, Autumn 2000). Moscow: MAKS Press, 401 pp.) (in Russian).

O. Henry (as О. Генри (O. Genri)). 1924. *Постскриптумы*. Москва–Петроград: Л. Д. Френкель, 130 с. (*Postskiptumy*, 'Postscripta'. Moscow–Petrograd: L.D. Frenkel', 130 pp.) (in Russian).

Parker, Fan. 1994. *Lewis Carroll in Russia: translations of* Alice in Wonderland, *1879–1989*. New York: Russian House, 91 pp.

Pifer, Ellen. 1980. *Nabokov and the Novel*. Cambridge, MA: Harvard University Press, 197 pp.

Taruskin, Richard. 1996. *Stravinsky and the Russian Traditions*. Vol. 1–2. Berkeley, CA: University of California Press, 1800 pp.

Weaver, Warren. 1994. *Alice in Many Tongues*. Madison, WI: The University of Wisconsin Press, 147 pp.

Zub, Eduard (as Эдуард Зуб (Ėduard Zub)). 2010. "Великий-многоликий"("“Velikii-mnogolikii / The Great Many-Faced”"). http://5nizza .kharkov.ua/2010/08/19/великий-многоликий/. Accessed 2020-09-16 (in Russian).

Әлисәнең Сәйерстандағы мажаралары (Älisäneñ Säyerstandağı majaraları), *Alice* in Bashkir, tr. Güzäl Sitdykova, 2017

Алесіны прыгоды ў Цудазем'і (Alesiny pryhody u Tsudazem'i), *Alice* in Belarusian, tr. Max Ščur, 2016

На тым баку Люстра і што там напаткала Алесю (Na tym baku Liustra i shto tam napatkala Alesiu), *Looking-Glass* in Belarusian, tr. Max Ščur, 2016

Снаркаловы (Snarkalovy), *The Hunting of the Snark* in Belarusian, tr. Max Ščur, forthcoming

Troioù-kaer Alis e Vro ar Marzhoù, *Alice* in Breton, tr. Herve Kerrain, forthcoming

Crystal's Adventures in A Cockney Wonderland, *Alice* in Cockney Rhyming Slang, tr. Charlie Lovett, 2015

Aventurs Alys in Pow an Anethow, *Alice* in Cornish, tr. Nicholas Williams, 2015

Aventurs Alys in Pow an Anethow Dyllans Dywyêthek Kernowek-Sowsnek, *Alice* in Cornish, bilingual edition, tr. Nicholas Williams, 2021

Alice's Ventures in Wunderland, *Alice* in Cornu-English, tr. Alan M. Kent, 2015

Maries Hændelser i Vidunderlandet, *Alice* in Danish, tr. D.G., forthcoming

آلیس در سرزمین عجایب (Âlis dar Sarzamin-e Ajâyeb), *Alice* in Dari, tr. Rahman Arman, 2015

Äventyrä Alice i Underlandä, *Alice* in Elfdalian, tr. Inga-Britt Petersson, forthcoming

La Aventuroj de Alicio en Mirlando, *Alice* in Esperanto, tr. E. L. Kearney (1910), 2009

La Aventuroj de Alico en Mirlando, *Alice* in Esperanto, tr. Donald Broadribb, 2012

Trans la Spegulo kaj kion Alico trovis tie, *Looking-Glass* in Esperanto, tr. Donald Broadribb, 2012

Les Aventures d'Alice au pays des merveilles, *Alice* in French, tr. Henri Bué, 2015

Le Avventure di Alice nel Paese delle Meraviglie,
Alice in Italian, tr. Teodorico Pietrocòla Rossetti, 2010

Alis Advencha ina Wandalan,
Alice in Jamaican Creole, tr. Tamirand Nnena De Lisser, 2016

L's Aventuthes d'Alice en Êmèrvil'lie,
Alice in Jèrriais, tr. Geraint Williams, 2012

L'Travèrs du Mitheux et chein qu'Alice y dêmuchit,
Looking-Glass in Jèrriais, tr. Geraint Williams, 2012

Алисэ Телъыджэщӏым зэрыщыӏар (Alisė Tel″ydzhėshchḣym
zėryshchyḣar), *Alice* in Kabardian, tr. Murat Temyr & Murat Brat, 2020

Алиса Къужур Дунияны Къыдырады (Alisa Qujur Duniyanı
Qıdıradı), *Alice* in Karachay-Balkar, tr. Magomet Gekki, 2019

Әлисәнің ғажайып елдегі басынан кешкендері (Älïsäniñ ğajayıp
eldegi basınan keşkenderi), *Alice* in Kazakh, tr. Fatima Moldashova, 2016

Алисаның Хайхастар Чирінзер чорығы (Alïsanıñ Hayhastar Çirinzer
çorığı), *Alice* in Khakas, tr. Maria Çertykova, 2017

Алисакöд Шемöсмуын лоöмторъяс (Alisaköd Šemösmuyn loömtor″ias),
Alice in Komi-Zyrian, tr. Evgenii Tsypanov & Elena Eltsova, 2018

Алисанын Кызыктар Өлкөсүндөгү укмуштуу окуялары
(Alisanın Kızıktar Ölkösündögü ukmuştuu okuyaları),
Alice in Kyrgyz, tr. Aida Egemberdieva, 2016

Las Aventuras de Alisia en el Paiz de las Maraviyas,
Alice in Ladino, tr. Avner Perez, 2016

לאס אב׳יבכ׳וראנס די אליסייה אין איל פאאיס די לאס מאראב׳יליאס
(Las Aventuras de Alisia en el Paiz de las Maraviyas),
Alice in Ladino, tr. Avner Perez, 2016

Alisis pīdzeivuojumi Breinumu zemē,
Alice in Latgalian, tr. Evika Muizniece, 2015

Alicia in Terrā Mīrābilī, *Alice* in Latin, tr. Clive Harcourt Carruthers, 2018

Alicia in Terrā Mīrābilī: Ēditiō Bilinguis Latīna et Anglica,
Alice in Latin, bilingual edition, tr. Clive Harcourt Carruthers, 2021

Aliciae per Speculum Trānsitus (Quaeque Ibi Invēnit),
Looking-Glass in Latin, tr. Clive Harcourt Carruthers, forthcoming

Alisa-ney Aventuras in Divalanda, *Alice* in Lingua de Planeta (Lidepla),
tr. Anastasia Lysenko & Dmitry Ivanov, 2014

La aventuras de Alisia en la pais de mervelias,
Alice in Lingua Franca Nova, tr. Simon Davies, 2012

Alice ehr Eventüürn in't Wunnerland,
Alice in Low German, tr. Reinhard F. Hahn, 2010

Contoyrtyssyn Ealish ayns Çheer ny Yindyssyn,
Alice in Manx, tr. Brian Stowell, 2010

Ko Ngā Takahanga i a Ārihi i Te Ao Mīharo,
Alice in Māori, tr. Tom Roa, 2015

Dee Erläwnisse von Alice em Wundalaund,
Alice in Mennonite Low German, tr. Jack Thiessen, 2012

Auanturiou adelis en Bro an Marthou,
Alice in Middle Breton, tr. Herve Le Bihan & Herve Kerrain, forthcoming

The Aventures of Alys in Wondyr Lond,
Alice in Middle English, tr. Brian S. Lee, 2013

Þurh þe Loking-Glas and What Alys Founde Þere,
Looking-Glass in Middle English, tr. Brian S. Lee, forthcoming

L'Avventure d'Alice 'int' 'o Paese d' 'e Maraveglie,
Alice in Neapolitan, tr. Roberto D'Ajello, 2016

Attravierzo 'o specchio e cchello c'Alice ce truvaie,
Looking-Glass in Neapolitan, tr. Roberto D'Ajello, 2019

L'Aventuros de Alis in Marvoland, *Alice* in Neo, tr. Ralph Midgley, 2013

Elises Eventyr i Undernes Land: den første norske *Alice:*
Elise's Adventures in the Land of Wonders: the first Norwegian *Alice,*
Alice in Norwegian, ed. & tr. Anne Kristin Lande, 2022

Alice sine opplevingar i Eventyrlandet,
Alice in Nynorsk, tr. Sigrun Anny Røssbø, 2020

Æðelgyðe Ellendæda on Wundorlande,
Alice in Old English, tr. Peter S. Baker, 2015

La geste d'Aalis el Païs de Merveilles,
Alice in Old French, tr. May Plouzeau, 2017

Alis bu Cëlmo dac Cojube w dat Tantelat,
Alice in Ṣurayt, tr. Jan Beṯ-Ṣawoce, 2015

Alisi Ndani ya Nchi ya Ajabu, *Alice* in Swahili, tr. Ida Hadjuvayanis, 2015

Alices Äventyr i Sagolandet, *Alice* in Swedish, tr. Emily Nonnen, 2010

'Alisi 'i he Fonua 'o e Fakaofo',
Alice in Tongan, tr. Siutāula Cocker & Telesia Kalavite, 2014

De Aventure Alisu in Mirvizilànd,
Alice in Uropi, tr. Bertrand Carette & Joël Landais, 2018

Ventürs jiela Lälid in Stunalän, *Alice* in Volapük,
tr. Ralph Midgley, forthcoming

Lès-avirètes da Alice ô payis dès mèrvèyes,
Alice in Walloon, tr. Jean-Luc Fauconnier, 2012

Lès paskéyes d'Alice è payis dès mèrvèyes,
Alice in Central Walloon, tr. Bernard Louis, 2017

Anturiaethau Alys yng Ngwlad Hud, *Alice* in Welsh, tr. Selyf Roberts, 2010

I Avventur de Alìs ind el Paes di Meravili,
Alice in Western Lombard, tr. GianPietro Gallinelli, 2015

U-Alisi Kwilizwe Lemimangaliso,
Alice in Xhosa, tr. Mhlobo Jadezweni, forthcoming

Di Avantures fun Alis in Vunderland,
Alice in Yiddish, tr. Joan Braman, 2015

Alises Avantures in Vunderland, *Alice* in Yiddish, tr. Adina Bar-El, 2018

אַליסעס אַוואַנטורעס אין וווּנדערלאַנד (Alises Avantures in Vunderland),
Alice in Yiddish, tr. Adina Bar-El, 2018

Insumansumane Zika-Alice,
Alice in Zimbabwean Ndebele, tr. Dion Nkomo, 2015

U-Alice Ezweni Lezimanga, *Alice* in Zulu, tr. Bhekinkosi Ntuli, 2014